바이올린과 약간의 신경과민

바이올린과 약간의 신경과민

블라디미르 마야콥스키

조규연 옮김

СКРИПКА И НЕМНОЖКО НЕРВНО
ВЛАДИМИР МАЯКОВСКИЙ

알렉산드르 로드첸코가 찍은 마야콥스키(1924년, 모스크바)

차례

마야콥스키 가족(1905년, 쿠타이시)

1부

미래주의: 시인의 도시 풍경화

밤

반사된 채 구겨진 진홍빛과 흰빛.
초록빛으로 내던져진 몇 줌의 두카트 금화
몰려든 창문, 그 검은색 손바닥에 돌려진
불타는 노란색 카드 패.

건물마다 두른 파란색 토가,
산책로와 광장의 눈에는 이상할 것도 없었다.
가로등 불빛들은 앞서 달리는 행인들의 발에
노란색 상처 같은 약혼반지 족쇄를 채웠다.

군중은 날쌘 얼룩 고양이처럼
등을 굽힌 채 물 흐르듯 문간으로 이끌렸다.
저마다 거대한 웃음 덩어리를
조금이라도 끌고 가길 원했다.

유혹하는 원피스의 손짓을 느낀 난
그들의 눈 속에 미소를 쑤셔 넣었고,
앵무새 날개로 머리를 장식한 흑인들은
양철판을 두드리며 위협하고 낄낄거렸다.

(1912)

13

아침

음산한 비의 곁눈질.
철(鐵)의 사고(思考)를 지닌 전선들의
선명한
격자무늬.
그 너머에는
깃털 이불.
그리고
잠에서 깬 별들이
이불을
살포시 밟았다.
그러나
가스 왕관을 쓴
황제,
가로등의 점멸은
서로 시기하는 한 무리 길거리 창녀들을
바라보는 내 눈을
더욱 아프게 했다.
사악한
농지거리,
쪼아 대는 비웃음이
노란색
독기 오른 장미에서

구불구불
피어올랐다.
소란과
공포 너머로
보이는
유쾌한 광경.
동녘의 여명은
고통스럽고 고요하며 무심한
십자가의
노예와
사창가의
관(棺)들을
활활 타는 하나의 꽃병 속에 던져 넣었다.

(1912)

항구

바닷물은 배〔腹〕 아래 깔린 시트,
하얀 이빨에 물어 뜯겨 파도로 부서졌다.
사랑과 정욕이 나팔의 구리로 녹아내리듯
뱃고동이 울부짖었다.
선착장 요람 속 쪽배들은
철제(鐵製) 어미의 젖꼭지에 달라붙었고,
귀먹은 기선의 귀에선
닻의 귀걸이가 반짝거렸다.

(1912)

거리의 시

차양마다 피어난 닳아빠진 면상의 곰팡이.
노점(露店)의 상처에서 흐르는 월귤즙.
채색된 문자는 나를 관통해
달빛 청어 위를 뛰어다녔다.

나는 발걸음으로 쿵쿵 말뚝을 박고,
거리의 파편을 탬버린에 내팽개친다.
운행에 지친 시가 전차들이
번쩍이는 창(槍)을 맞댔다.

애꾸눈 광장은 하나뿐인 눈을
한 손으로 치켜들고 슬그머니 다가왔다.
하늘은 바실리스크의 눈먼 얼굴로
희뿌연 가스를 응시했다.

(1913)

거리에서 거리로

거
리.
개〔犬〕들이
지닌
낮짝은
세월보다
사
납다.
철마를
지
나
질주하는 집들의 창문에서
최초의 입방체들이 튀어 올랐다.
백조처럼 긴 목을 치켜든 종탑이여,
전선의 올가미 속에서 몸을 굽히거라!
창공에 그려진 기린은
녹슨 앞머리에 얼룩무늬 넣을 태세.
무늬 없는 전답(田畓)의
아들은
연어처럼 얼룩덜룩.
시계탑 문자판에 몸을 숨긴
마술사가

시가 전차의 아가리에서
레일을 뽑아낸다.
정복당한 우리들!
욕조.
샤워실.
엘리베이터.
그것들이 풀어 버린 영혼의 보디스.
손이 육체를 불사른다.
'난 원치 않아요!' 하고
외치든 말든.
날카로운
고통의
타래
가시 돋친 바람이
굴뚝에서
잿빛 양털 다발을
뜯어내고,
대머리 가로등은
거리의
검은 스타킹을
음탕하게 벗긴다.

(1913)

그런데 당신은 할 수 있는가?

나는 컵으로 물감을 뿌려
일상의 지도를 단숨에 지워 버렸다.
나는 아스픽 접시에서
대양의 비뚤어진 광대뼈를 보여 주었고,
양철 물고기 비늘에서
새로운 입술의 부름을 읽었다.
그런데 당신은
빗물 홈통을 플루트 삼아
녹턴을
연주할 수 있는가?

(1913)

블라디미르 마야콥스키. 비극

프롤로그

당신들은 이해할는지.
어째서
순한 내가
조롱의 뇌우 되어
영혼을 접시에 담아
도래하는 시대의 오찬장으로 나르고 있는지.
수염투성이 광장의 볼에서
쓸모없는 눈물로 흘러내리는 나,
어쩌면
난
최후의 시인.
당신들은 알아챘을 터.
자갈길에서
목을 맨 채 흔들거리는
권태의 줄무늬 얼굴을.
질주하는 강(江)
거품투성이 목덜미 위로
자신의 철제 팔을 비튼 교각을.
하늘은
주체할 수 없이
요란하게 울부짖는다.
갓난아이를 기다리다

신이 던져 준 애꾸눈 천치를 본 여인의 얼굴처럼
작은 입가 주름투성이 구름은
우거지상.
태양이 붉은 털의 두툼한 손가락으로
쇠파리처럼 집요하게 당신들을 애무하자,
당신들의 영혼 속에서 노예의 키스가 자라났다.
두려움을 모르는 난
수 세기 동안 한낮의 햇빛을 증오했다.
전선(電線)의 신경처럼 팽팽한 영혼을 지닌 나,
나는
램프의 황제!
침묵을 찢은 자여,
단단한 한낮의 올가미에 걸려
울부짖은 자여,
모두 내게로 오라.
나 당신들에게
소의 울음처럼 단순한
말로써
아크등처럼
웅웅거리는
우리의 새로운 영혼을 열어 보이리라.
내 손가락이 머리에 닿는 순간

그대들에게
거대한 키스를 위한
입술과
모든 민족에게 친숙한
혀가 자라날 것이다.
그러면 나는 남루한 영혼처럼 절룩거리며
별들의 구멍으로 닳아빠진 창공을 따라
나의 옥좌로 떠나리라.
밝은 얼굴로
나태의 옷을 입고서
푹신한 똥거름 침대에
나 누우면
기관차의 바퀴는 선로 침목 마디마디
조용히 키스하며
내 목을 껴안으리라.

(1913)

간판에게

철제(鐵製) 책을 읽으라!
도금된 문자들의 플루트 반주에 맞춰
훈제 연어와
곱슬머리 금발의 순무가 기어가리.

'마기'의 별무리¹가
개처럼 흥에 겨워 빙빙 돌면
장례 사무소는
자신들의 석관을 운구하리.

음울하고 애처로운 인간이
가게의 간판 등마저 꺼 버릴 때면
선술집 지붕 아래
도자기 주전자의 양귀비꽃에 도취되어라!

(1913)

---

1   마기 사(社)가 개발한 큐브 모양의 인스턴트 수프를 광고하는
네온사인을 의미한다.

극장

무대로 기어오른 이들에 관한 이야기
큼지막한 글씨로 그려지고,
서툴게 채색된 판자 포스터의 눈동자는
집요하게 밤으로 초대한다.

자동차는 카리에르[1]의 파리한 여인의
입술에 립스틱을 칠하고,
열정적인 두 마리 폭스테리어가
몰려든 관객들의 모피 코트를 잡아챘다.

배 모양 조명만이
그림자와 부딪히며 싸움에 열을 올리고,
플러시 꽃 달린 특별석 가지에
연미복이 고통스러운 듯 걸려 있다.

(1913)

---

1   외젠 카리에르(1849-1906). 19세기 말에 활동했던 프랑스 후기
인상주의 화가다.

페테르부르크에 관한 몇 마디

지붕의 굴뚝에서 흘러나온 눈물이
강의 지류 따라 줄무늬를 그리고,
하늘의 축 처진 입술은
돌로 만든 젖꼭지를 꽂아 물었다.

잠잠해져 이내 맑아진 하늘.
흠뻑 젖은 몰이꾼은
바다 접시가 빛나는 곳으로
네바강 쌍봉낙타를 맥없이 몰고 있었다.

(1913)

여인의 뒤에서

육중한 백발, 누룩 안개를 팔꿈치로 걷어 내고
검은 물통에서 하얀 분을 걸러 냈다.
하늘로 비스듬히 고삐를 던지고는
먹구름 속에서 비틀거렸다.

구리 용해물 속에는 주석으로 도금된 집들.
가까스로 남아 있는 거리의 전율.
음탕함의 붉은 베일에 흥분한 연기가
뿔처럼 하늘을 찔렀다.

겹겹의 얼음 원피스 속에는 뜨거운 화산 허벅지,
수확하기 좋은 잘 여문 이삭 젖가슴.
강도처럼 인상을 쓴 보도(步道)에서
질투의 무딘 화살들이 날아올랐다.

발굽 소리로 천상의 기도를 깨 버리고는
하늘에서 올가미로 신을 포획했다.
그리고 쥐의 미소를 머금으며 쥐어뜯더니
조롱하며 문틈으로 끌고 갔다.

동녘은 골목에서 그들을 목격하고
하늘 높이 우거지상을 드리웠다.

그러고는 검정 핸드백에서 태양을 잡아 뜯고
악에 받쳐 지붕의 늑골을 두들겼다.

(1913)

나

1.

울퉁불퉁 내 영혼의
포장길 따라
광인들의 발걸음이
잔인한 말마디의 발뒤축을 비튼다.
도시가
목을 매
뒤틀린
탑의 모가지가
구름 올가미에 걸려
굳어 버린 이 곳.
십자로에
못 박힌
순사들을
애도하려
나는 홀로 걷는다.

2. 내 아내에 관한 몇 마디

미지의 바다 아득한 해변을
내 아내

달이 지나간다.
주홍 머리 내 사랑.
알록달록 줄무늬 별 무리가
그녀의 차 뒤를 요란하게 따른다.
차고(車庫)와 결혼하고
신문 가판대와 키스하는 여인.
시동(侍童)은 눈을 깜빡거리며 은하수 치맛자락을
금박으로 장식한다.
그런데 나는?
눈동자 우물의 차디찬 눈물,
두 눈썹 멜대는 불타는 내게 물동이를 길어 날랐다.
호수의 비단옷을 걸친 그대,
호박 바이올린 소리는 그대 허벅지의 노래인가?
원한에 사무친 이 지붕들 위로
그대 빛줄기를 뿌려 주진 않겠지.
나는 모래알 상념에 잠긴 채 가로수 길에 가라앉는다.
커피숍
망사 스타킹을 신은
내 노래는
그대의 딸이 아닌가!

3. 내 어머니에 관한 몇 마디

수레국화 벽지 입은 내 어머니.
나는 화려한 공작새 사이를 노닐고
발걸음을 세면서 텁수룩한 국화들을 괴롭힌다.
저녁이 녹슨 오보에를 연주하면
집에
내려앉은
먹구름을
다시금 보리라
믿으며
나는 창가로 다가간다.
병든 어머니의
침대에서 텅 빈 방구석까지
군중의 웅성거림이 스쳐 지난다.
어머니는 알고 있다.
그건 슈스토프[1] 공장 지붕에서 흘러나온
미친 생각 더미라는 것을.
빛이 사그라드는 창틀이
중절모 쓴 내 이마를 피로 물들일 때,

---

1   러시아의 대표적인 코냑의 명칭이다.

바람의 노호를 저음으로 제압하고
나는 말하리.
"어머니.
춤추는 구름의 뒷굽에 깨져 버린
그대 고통의 꽃병으로
내 마음 괴로울 때,
아반초[2]의 쇼윈도 간판이 꺾어 버린
황금 손은 대체 누가 어루만져 주나요?……"

4. 나 자신에 관한 몇 마디

죽어 가는 아이들을 바라보는 게 나는 좋다.
당신은 우수의 긴 주둥이 뒤에 숨은,
웃음으로 물결치는 희뿌연 파도를 간파했는가?
나는
거리의 독서실에서
관처럼 늘어선 건물 책장을 수시로 넘겼다.
자정은
흠뻑 젖은 손가락으로
나와

2　모스크바 쿠즈네츠키 모스트 거리에 있었던 예술품 상점의 명칭이다.

낡은 담장을 더듬었다.
대머리 쿠폴[3]에 퍼붓는 소나기 빗방울과 함께
미친 교회가 날뛰고 있었다.
내게 보이는 건 성화(聖畫)에서 뛰쳐나온 그리스도.
진창은 울어 대며
나부끼는 그의 누더기 옷자락에 키스했다.
나는 벽돌에게 고함치고,
비대해진 하늘의 속살에
광기 어린 말(言)의 단검을 꽂는다.
"태양이여!
내 아버지여!
당신만이라도 가엽게 여겨 괴롭히지 마소서!
당신으로 인해 흘린 나의 피 계곡 길 따라
흐르나니.
나의 영혼은
산산이 찢긴 먹구름처럼
불타 버린 하늘
종루의 녹슨 십자가에 매달려 있나이다!
시간이여!
절름발이 성상화가 그대만이라도

---

3 러시아 정교 교회의 양파 모양의 둥근 지붕을 일컫는다.

내 얼굴을
시대의 불구자 제단에 그려 주오!
장님이 되어 가는 자의
하나 남은 마지막 눈처럼 나는 고독하오!"

(1913)

포괄적인 봄 풍경

종잇장.
시를 끄적이는 여우들.
남은 건 점들뿐.

(1913)

피로 때문에

대지여!
타인들의 얼룩으로 도금된 누더기 내 입술로
그대의 대머리에 마구 입 맞추게 해 주오.
주석(朱錫) 눈[目], 그 화염 위 머리카락 연기로
그대 가슴 푹 파인 늪을 감싸게 해 주오.
그대여! 우리는 단둘뿐.
사슴처럼 상처 입고 지쳐 버린 우리.
죽음의 안장을 얹은 말[馬]의 울음소리가 솟구쳤다.
짚이 내뿜는 연기는 폭우로 꺼져 가는 불길의 시야를
가리며
화를 돋우고 그 긴 팔로 우리를 따라잡을 기세.
나의 누이여!
흐르는 세월의 요양원에서
어쩌면 나는 엄마를 찾게 될까.
나는 그녀에게 내 노래로 피투성이 된 뿔피리를 던졌다.
도랑은 풋내기 여경(女警)처럼
진창길 포승줄로
우리를 옭아매려
개굴개굴거리며 들판을 뛰어다닌다.

(1913)

사랑

여인은 수줍은 듯 늪에 휩싸였고,
개구리 선율은 음산하게 퍼졌다.
선로에서 불그스레한 어떤 이가 비틀거렸고,
머리를 말아 올린 기관차는 질책하며 지나갔다.

바람 같은 마주르카의 광란은
태양의 열기를 뚫고 구름의 증기 속으로 돌진했다.
바로 나는 달궈진 7월의 보도(步道).
여인은 담배꽁초인 양 키스를 던진다!

아둔한 자들아, 도시를 버려라!
태양 아래 알몸으로 걸어가
털이 무성한 가슴에 독한 와인을 부어라.
숯처럼 불타는 볼에 비의 키스를 부어라.

(1913)

우리는

사막의 눈알을 뽑으러
대지의 삐져나온 야자수 속눈썹 아래를 우리는 기어간다.
전함들의 미소를 포착하러
운하의 마른 입술을 우리는 기어간다.
식어라, 원한이여!
거칠고 쇠약해진 내 엄마를
달아오른 별들의 모닥불 위에 놓는 것 허락지 않으리.
길은 지옥의 뿔피리. 화물차의 코 고는 소리에 취하게 하라!
술 취해 연기 뿜는 화산의 콧구멍을 넓혀라!
털갈이로 빠져 버린 천사들의 깃털을 연인들의 모자에
                              우리는 던지리.
드넓은 창공을 절룩절룩 걷는 혜성의 보아뱀 꼬리를
                              우리는 잘라 내리.

(1913)

갖은 소음들

도시의 메아리로 퍼지는 소음들.
구두창의 속삭임, 우레 같은 바퀴 소리.
인파와 말[馬]들은
이동하는 머리채 대열을 뒤따르는 시중꾼.

아가씨들이 나르는 속삭임.
화물차 궤짝들의 아우성.
그물 옷을 입은 준마의 바스락거림.
시가 전차가 내뿜는 우렛소리.

모든 것이 교차된 상념의 수로 따라
골목 시장 굴을 지나 광장으로 흘러든다.
일그러진 낯짝의 그을음투성이 소음이
장터의 왕으로 즉위하는 그곳으로.

(1913)

도시 대지옥

유리창은 도시 대지옥을
빛을 빨아먹는 작은 지옥들로 쪼갰다.
붉은 악마, 자동차들은
귓전에 경적을 울리며 부풀어 올랐다.

저기, 케르치 청어가 그려진 간판 아래,
저녁의 회오리로 질주하는 시가 전차가
동공을 치켜뜨자 고꾸라진 영감은
안경을 더듬다가 울음을 터뜨렸다.

마천루 틈바구니, 광석이 활활 타고
철물 전차가 겹겹이 쌓인 곳.
비행기가 비명을 지르며
상처 입은 태양의 눈이 피 흘리는 그곳으로 추락했다.

음탕한 밤은 술에 취해
가로등 담요를 뭉개며 사랑에 빠졌고,
거리의 불빛 저편 어딘가에선
도무지 쓸모없는 시든 달이 절룩거렸다.

(1913)

자, 받으시오!

당신들의 축 늘어진 비곗덩어리, 한 시간 후면
차례차례 이곳에서 깨끗한 골목길로 흘러갈 거요.
시로 가득한 보석함을 당신들에게 열어 준 나.
나는 고귀한 말의 낭비자 중의 낭비자.

저, 아저씨! 당신 콧수염에 어디선가 먹다 남은
양배추 수프 건더기가 붙어 있소.
저, 아줌마! 짙게 분칠한 당신 얼굴은
껍데기 옷을 벗은 굴 같소.

당신들 모두 신을 신은 채 만 채 더러운 꼴로
시인의 심장 가진 나비 위로 기어오를 터.
군중은 짐승처럼 몸을 비벼 대고,
머리 백 개 달린 머릿니는 다리를 곧추세우리.

나는 거친 야만인.
오늘 당신들에게 인상 쓰는 일 내키지 않으면
나 한바탕 웃으며 즐거이 침을 뱉으리.
당신들 면상에 침을 뱉으리.
나는 고귀한 말의 낭비자 중의 낭비자.

(1913)

그들은 아무것도 이해하지 못하네

이발소에 들어가 조용히 말했다.
"실례지만 내 귀를 다듬어 주겠소."
말끔한 이발사는 이내 발끈했고,
얼굴은 배〔梨〕처럼 길게 늘어졌다.
"미친놈!
광대 같은 놈!"
말〔言〕이 뛰어올랐다.
욕설이 빽빽거리며 날뛰고,
시든 무 같은 누군가의 머리가
군중 속에서 삐져나와
오-오오오랫동안 키득거렸다.

(1913)

자동차 안에서

"정말 매혹적인 밤이야!"
"저 여인은
(한 여인을 가리키며)
어제 봤던
그녀잖아?"
보도에서 누군가가 말하길
"우체-
국,
표지판의 단어가 달리는 타이어에 쪼개져 버렸어."
갑자기 뒤집힌 도시.
술에 취해 사람들의 모자 위로 기어올랐다.
간판들은 놀라 입을 벌리고
'O'와
'S'를
마구 뱉어 냈다.
음울한 눈물이 흐르는
언덕배기,
도시가
수줍게 기어오른 그곳에서
축 늘어진 'O'와
역겹도록 순종적인 'S'가
선명하게 드러났다.

(1913)

멋쟁이의 재킷

내 목청의 벨벳으로
검은 바지 지으리.
이 미터 노을로 노란 재킷 지으리.
세계의 넵스키 대로,[1] 그 매끈한 선을 따라
멋쟁이 동 쥐앙의 발걸음으로 배회하리.

평온에 속박당한 대지가 외치게 하라.
"네가 봄의 신록을 겁탈하려는가!"
나는 뻔뻔하게 헤벌쭉 웃고서 태양을 던지리라.
"평평한 아스팔트에서는 프랑스식 R 발음도 내기 좋은 법!"

하늘이 파랗기 때문인가,
이 축제의 정화 속 대지가 내 연인이기 때문인가,
나는 그대들에게 손가락 인형처럼 흥겨우면서도
이쑤시개처럼 날카롭고 요긴한 시를 선사하리!

내 살덩이를 사랑하는 여인들이여,
형제인 양 날 바라보는 아가씨여,
시인인 내게 미소를 뿌려 주오.
그 미소 꽃 삼아 내 멋쟁이 재킷에 박음질하리!　　　(1914)

1　상트페테르부르크 중심을 관통하는 대로다.

들어 보라!

들어 보라!
만약 별들이 빛난다면,
그건 실로 누군가에게 필요하다는 뜻인가?
누군가가 별이 있길 원한다는 뜻인가?
누군가가 이 가래침을
                진주라 부른다는 뜻인가?
대낮 먼지 폭풍을 뚫고
녹초 되어
신에게 달려들고,
혹여 늦지 않았을까 두려워
눈물 흘리며
힘줄 돋은 그의 손에 입 맞추고
"반드시 하나의 별이 있게 해 주소서!"라고
애원하고,
"별이 없는 고통을 참을 수 없나니!"라고
맹세한다는 뜻인가.
그러고는
겉으론 평온한 척
마음 졸이며 배회한다.
그리고 누군가에게 말하기를
"이제 괜찮아?
무섭지 않아?

응?!"
들어 보라!
만약 별들이
빛난다면,
그건 실로 누군가에게 필요하다는 뜻인가?
매일 밤
지붕 위에서
하나의 별이나마 반짝여야 한다는
그런 뜻인가?!

(1914)

그래도 어쨌든

매독 환자의 코처럼 무너져 내린 거리.
강은 군침으로 흘러 퍼진 정욕.
6월의 정원은 마지막 잎사귀 속옷마저 벗어 던진 채
음탕하게 드러누웠다

나는 광장으로 나와
불타 버린 동네를
붉은 가발인 양 머리에 썼다.
미처 씹지 못한 비명이 내 입에 매달려
다리를 버둥거리자 사람들이 공포에 떤다.

그러나 나를 비난하고 욕하기는커녕
예언자를 대하듯 내 발자국에 꽃을 깔아 주리.
코가 주저앉은 이 모든 이들은 알고 있으리라.
나 그대들의 시인임을.

내겐 그대들의 최후의 심판이 선술집만큼이나 두렵다!
창녀들은 불타는 건물 사이로
이 한 몸 성물인 양 두 손에 받쳐 들고
자신의 무죄를 입증하듯 신에게 내보이리라.

그리고 신은 내 시집에 눈물을 흘리리라!

말이 아닌 뭉쳐진 경련 덩어리,
신은 내 시를 겨드랑이에 끼고 하늘을 달려
헐떡거리며 친구들에게 읽어 주리라.

(1914)

또다시 페테르부르크

귓전에 남아 있는 따뜻한 무도회의 파편들,
눈보다 흰 안개가 북쪽에서 밀려와
피에 굶주린 식인종의 얼굴로
맛없는 인간들을 씹어 먹고 있었다.

허공에 매달린 시계. 험한 욕설처럼
5시가 4시를 위협하며 들이닥쳤다.
하늘에서는 어떤 폐물이
레프 톨스토이인 양 위풍당당 아래를 응시했다.

(1914)

미래주의 순회 강연 당시의 마야콥스키(1914년, 카잔)

2부

전쟁의 노래

전쟁이 선포됐다

"석간 사세요! 석간이요, 석간!
이탈리아! 독일! 오스트리아!"
군중이 만들어 낸 음울한 광장의 실루엣,
그곳으로 선홍색 피의 물결이 밀려들었다

커피숍은 피가 날 정도로 면상을 두들겼고,
짐승의 비명으로 붉게 물들었다.
"라인강 거품에 피의 독약을 뿌리자!
로마의 대리석에 포탄 세례를 퍼붓자!"

총검의 날에 찢긴 하늘에서
별들의 눈물이 밀가루를 체에 거르듯 흘러 떨어졌고,
구두창에 달라붙은 슬픔은 꽥꽥거렸다.
"아, 놓아주세요, 놓아주세요, 놓아주세요!"

연마된 기저 위에서 청동 장군들이
기도했다. "풀어 달라, 우리가 가겠노라!"
기병대는 쪽쪽대며 작별의 키스를 했고,
보병은 승리자-살인마가 되고자 했다.

껄껄거리는 대포의 저음은
겹겹이 솟은 도시에겐 꿈속에서 들리는 괴상한 소리.

육즙 가득한 인육 조각이
서쪽에서 붉은 눈이 되어 내린다.

광장에서 중대가 줄 이어 부풀고
악에 받친 광장의 이마에서 정맥이 부어오른다.
"잠깐, 창녀들의 비단옷에 칼을 닦자!
빈의 산책로에서 칼을 닦자!"

신문팔이들은 힘껏 외쳤다. "석간 사세요!
이탈리아! 독일! 오스트리아!"
군중이 만들어 낸 음울한 밤의 실루엣,
그곳에서 선홍색 피의 물결이 흐르고 또 흘렀다.

(1914)

엄마, 그리고 독일인들이 살해한 저녁

어두운 거리마다 창백한 엄마들이
관을 덮은 비단처럼 불안한 듯 줄지어 있었다.
적의 패배를 외치는 군중들 속에서 통곡했다.
"아, 눈을 가려라, 신문의 눈을 가려라!"

편지.

엄마, 더 크게 말해 줘요!
연기.
자욱한
연기뿐!
엄마, 왜 나한테 웅얼거리는 거예요?
보세요!
포탄 세례로 우렛소리를 내는 돌이
온통 뒤덮어 버린 하늘을.
어-엄-마-아!
이내 저녁이 만신창이가 된 채로 끌려왔어요.
흉한 모습의
꺼칠한 걸인이
갑자기
두툼한 어깨를 늘어뜨리고
가엾게도 바르샤바의 목 위에서

참았던 울음을 터뜨렸어요.
푸른 옥양목 숄을 두른 별들은
날카롭게 소리쳤어요.
"죽었어.
소중한
내 사랑이!"
탄 클립을 쥔 채 죽은 자의 주먹을
초승달의 눈이 무섭게 흘겨보네요.
그루터기에 입맞춤처럼 새겨진 곳,
성당의 황금빛 눈을 눈물로 적시며
거리의 손가락을 꺾어 버린 코브나[1]를 보려
리투아니아의 주민들이 모여들었죠.
그래도 저녁은 소리칩니다.
다리도 없이,
팔도 없이.
"거짓이야,
난 여전히 할 수 있다고.
헤헤!
열정적인 마주르카에 맞춰 박차를 울리고
아마빛 콧수염을 꼬아 올릴 수 있다니까!"

---

1   리투아니아의 제2의 도시로 현재의 명칭은 카우나스다.

초인종.

엄마,
무슨 일이죠?
관을 덮은 비단처럼 창백하디창백해요.
"날 좀 내버려 둬!
오 이건
저녁이 살해됐다는 전보.
아, 눈을 가려라,
신문의 눈을 가려라!"

(1914)

바이올린과 약간의 신경과민

신경이 곤두선 바이올린,
졸라 대다가 이내 아이처럼
울어 댔다.
참다 못해 북이 하는 말.
"그래. 알았어. 알았다고!"
그러다 지쳐
바이올린의 말을 끝까지 듣지도 않고
분주한 쿠즈네츠키 거리[1]로
황급히 떠났다.
가사도 없이,
박자도 없이
울고 있는 바이올린.
오케스트라는 무관심하게 그를 바라보았다.
어디선가
얼간이 심벌즈가 달그락거리며 하는 말.
"뭐지?"
"어쩌자는 거지?"
구리 뿔 달린
튜바가

---

1   모스크바 중심가 중 하나로 거리의 정식 명칭은 '쿠즈네츠키 모스트'다.

땀을 흘리며
소리쳤다.
"머저리,
울보,
눈물이나 닦아!"
나는 일어나
비틀비틀 악보를 지나,
두려움에 몸을 굽힌 악보대를 지나 기어갔고,
무슨 까닭인지 외쳤다.
"맙소사!"
나무 목에 매달리며 말했다.
"바이올린아, 알고 있니?
우리는 지독히도 닮았어.
나 역시
외쳐 본들
아무것도 증명할 수가 없어!"
연주자들이 비웃으며 하는 말.
"딱 달라붙어 있는 꼴이란!
나무 색시를 찾아왔구먼!
머리통 하고는!"
나는 상관없어!
나는 좋은 사람인걸.

"바이올린아, 어때?
우리
같이 살자!
응?"

(1914)

나와 나폴레옹

내가 사는 곳. 볼샤야 프레스나[1]
36번지 24호.
평온하고
조용한 그곳.
그래서?
문득 드는 생각.
이 격동의 세상
어딘가에서
전쟁을 일으키고 획책하는 게 나와 무슨 상관인가?

밤이 왔다.
근사한 밤.
간사한 밤.
어째서 양갓집 규수 몇몇이
겁에 질려 조명등처럼 커다란 눈을 돌리며
벌벌 떨고 있는 거지?
거리의 군중들은 달아오른 입으로
창공의 습기에 매달렸고,
도시는 작은 손 깃발을 흔들며

---

1   모스크바 중심가로 현재 명칭은 '크라스나야 프레스나'다. 1913년
8월부터 1915년 5월까지 이곳에서 마야콥스키의 가족이 살았다.

붉은 십자가를 들고 기도하고 또 기도한다.
눈물로 가득한 가마니,
맨머리 교회는
가로수 길 머리맡에 누웠고,
총알 손가락에 찔려 너덜너덜해진 심장처럼
가로수 길 꽃밭은 과다 출혈로 기진맥진.
불안은 점점 더 비대해져
굳어 버린 이성을 먹어 치운다.
노아의 식물원[2]은 이미
죽음의 창백한 가스로 뒤덮였다!
모스크바에게 전하라.
버티라고!
안 된다고!
동요하지 말라고!
잠시 후면
내가
하늘의 독재자와
마주하리라.
태양을 잡아 죽이리라!
보라!

---

2   모스크바 중심가인 페트롭카 거리에 있었던 꽃 가게를 지칭한다.

하늘에서 나부끼는 깃발을.
바로 저기!
살찌고 불그레한 놈.
광장에 붉은 말발굽 소리를 요란하게 울리며
송장 같은 지붕들 따라 떠오르는 놈!

"파괴하겠노라,
파괴하겠노라!"
하고 외치는
네놈에게,
피로 물든 처마에서 밤을 도려낸 네놈에게,
두려움을 모르는 영혼의 소유자인
내가
도전장을 보낸다!

불면증으로 좀먹은 자들아, 가서
모닥불에 그대들의 얼굴로 장작을 쌓아라!
어쨌든 매한가지!
우리에겐 마지막 태양,
아우스터리츠의 태양[3]인 것을!

---

3 1805년 아우스터리츠 전투에서 나폴레옹군이 거둔 승전을 의미한다.

미친 폴란드 놈들, 러시아를 떠나라.
오늘 나는 나폴레옹이어라!
나는 사령관, 그 이상.
비교해 봐라.
나와 그를!

그가 담대함으로 죽음을 유린하고
왕좌 위해 단 한 번 페스트 환자에게 접근했다면,[4]
나는 매일 수천 러시아 야파의
페스트 환자들을 찾아 나선다.
그가 단 한 번 주저 없이 총탄 아래 섰고
그것으로 수백 세기 명성을 떨친다면,
나는 6월 한 달만 해도
수천 개의 아르콜레 다리[5]를 건넜다!
시간의 화강암 속 나의 외침 부서져
미래에도 현재에도 요란하게 울리리라.

---

4   1799년 나폴레옹이 야파에서 페스트에 감염된 프랑스군 격리 병원을
방문했던 일과 관련된다.
5   이탈리아의 소택지 아르콜레에 있는 다리로, 1796년 나폴레옹이
이끄는 프랑스군과 오스트리아군은 이곳을 놓고 이틀간 치열한 전투를
벌였다.

타 버린 심장엔 이집트처럼
수백만 피라미드가
있기 때문!

불면증에 좀먹은 자들아, 나를 따라라!
더 높이!
그대들의 얼굴을 모닥불로!
안녕,
나의 죽어 가는 태양이여,
아우스터리츠의 태양이여!

인간들이여!
존재하라!
태양에 있으라!
어서!
태양이 몸을 움츠릴 만큼!
사원의 응축된 목청으로
쉰 소리로 노래하라, 장송곡이여!
인간들이여!
나보다 유명한
전사자들의
이름을 시성(諡聖)할 때,

기억하라.
전쟁이 또 한 명을 살해했음을.
볼샤야 프레스냐에 살았던 시인을!

(1915)

바지 입은 구름

프롤로그

그대들의 생각,
기름때 묻은 소파에 누운 배불뚝이 머슴처럼
물렁한 뇌로 공상에 잠긴 그 생각을
피투성이 내 심장 조각으로 자극하리.
파렴치하고 신랄한 나, 마음껏 조롱하리.

내 영혼에는 한 올의 흰머리도,
늙은이의 연약함도 없네!
쩌렁쩌렁한 목소리의 힘으로 세상을 흔들며
스물두 살
잘생긴 내가 가노라.

다정한 연인들이여!
바이올린으로 사랑을 연주하는 그대들.
무례한 자는 팀파니로 사랑을 연주하지.
그러나 그 누구도 나처럼
하나의 완전한 입술로 변신하지 못하리!

내게 와서 한 수 배우라,
고급 목면을 두른 응접실의 여인,
천사처럼 상냥하고 고상한 고관대작의 마누라여.

식모가 요리 책을 훑듯
조용히 입술의 책장을 섬기는 여인이여.

그대들이 원한다면
고깃덩이처럼 난폭해지려네.
그대들이 원한다면
하늘이 색조를 바꾸듯
한없이 부드러워지려네.
남자가 아닌, 바지 입은 구름이 되려네!

꽃이 만발한 니스가 어디 있으랴!
나 또다시 찬미하리,
병원에 앓아누운 남자들과
속담처럼 닳아빠진 여인들을.

(1914-1915)

척추 플루트

프롤로그

내가 좋아했거나 좋아하는 당신들,
성화(聖畵)처럼 동굴 속 영혼에 보존된
당신들 모두를 위해
나는 시가 가득한 해골을
축배의 와인 잔처럼 들어 올리리.

자꾸만 드는 생각.
내 삶의 끝에 총알의 마침표를
찍는 게 낫지 않을까.
만일을 대비해
나 오늘
고별 연주회를 열리라.

기억이여!
뇌수의 연회장에
끝없이 늘어선 연인 행렬을 모으라.
눈에서 눈으로 웃음을 따르라.
지난날의 결혼식으로 밤을 치장하라.
몸에서 몸으로 즐거움을 따르라.
누구도 이 밤을 잊지 못하리.
나 오늘 플루트를 연주하리라.
내 척추로 만든 플루트를.   (1915)

당신들에게!

날마다 술판을 벌이며 살아가는 당신들,
욕실과 따뜻한 변소를 소유한 당신들!
성(聖) 게오르기 무공 훈장 추천 명단에 대한 신문 기사,
그것을 읽기가 진정 부끄럽지 않은가?!

먹고 마실 생각만 하는
대다수 쓸모없는 당신들은 알고나 있는가?
지금 페트로프 중위의 두 다리가
폭탄에 떨어져 나갔을지도 모른다는 사실을.

상처투성이로 사지로 내몰린 그가
당장에 당신들을 보았더라면!
커틀릿 처바른 그 입술로
세베랴닌[1]의 시를 음탕하게 읊조리는 당신들을.

여색과 음식에 빠진 당신들 위해
목숨을 바친들 무슨 소용?!
나 차라리 바에서 파인애플 주스를

---

1   이고르 세베랴닌(1887-1941). 마야콥스키와 동시대에 활동했던 에고 미래주의 시인이다. 미래주의 활동이 왕성했던 1913년 말 마야콥스키와 미래주의 순회강연을 함께 하기도 했으나, 제1차 세계 대전이 발발한 1914년 결별했다.

창녀에게 바치는 편이 나을 듯!

(1915)

판관에게 바치는 찬가

홍해를 따라 죄수들이
갤리선의 노를 힘겹게 저어 간다.
목청껏 부르는 조국 페루에 대한 노래,
족쇄의 쇳소리를 단숨에 뒤덮는다.

낙원 페루를 외치는 페루인들.
새들과 춤, 여인들이 있고,
광귤나무 화관 위로
바오바브나무가 하늘로 뻗은 그곳.

바나나와 파인애플! 즐거움의 향연!
잘 숙성된 와인까지……
그런데 무슨 이유로 어떻게
판관들이 페루에 들이닥쳤는가!

새들과 춤, 그리고 여인들을
법 조항이 에워싸고,
양철 같은 판관의 두 눈은
구정물 구덩이에서 반짝인다.

공작새의 주황색, 푸른색도
준엄하게 감시하는 그 눈을 마주하면

화려한 그 꼬리
순식간에 색이 바랬다!

페루 인근 대초원에
벌새라는 이름의 작은 새들이 날아다녔다.
판관은 가엾은 벌새들을 잡아
솜털이고 깃털이고 모조리 뽑아 버렸다.

골짜기 어디서도 이젠
활화산을 볼 수 없다.
골짜기마다 내걸린 판관의 경고문.
"금연 골짜기."

가엾은 페루에서는
고문을 당할까 두려워 내 시조차 읽을 수 없다.
판관이 공포하길
"유통되는 그의 시는 알코올 음료."

적도가 족쇄 소리로 진동한다.
새도, 사람도 살지 않는 페루……
그곳에는 법전 아래 표독스레 숨어 있는
음침한 판관만이 살고 있을 뿐.

보다시피 이래저래 딱한 페루인.
갤리선이 그들에게 무슨 소용.
판관은 방해물. 새에게도 춤에게도
내게도 당신들에게도 페루에게도.

(1915)

과학자에게 바치는 찬가

제국 전역에 살고 있는
인간, 새, 지네,
털을 곤두세우고 깃털을 흩날리며
필사적인 호기심으로 창가에 매달려 있다.

아직은 4월, 태양에게도 관심거리.
저명한 과학자의 모습,
그 놀랍고도 유별난 볼거리에
시커먼 굴뚝 청소부도 흥미를 느낄 지경.

아무리 살펴봐도 보이지 않는 인간의 자질.
인간 아닌 두 다리 달린 무능력자.
'브라질 사마귀에 대한' 논문에게
모조리 물어 뜯긴 머리.

그의 눈은 집요하게 문자를 물고 늘어졌다.
아, 가여운 문자여!
멸종 위기의 어룡이 어쩌다 입에 들어간 제비꽃을
분명 그리 씹었으리라.

마차에 받힌 듯 구부러진 척추뼈.
과학자가 사소한 결함에 신경 써서 되는가?

그는 우리가 원숭이의 후손이라는
다윈의 글은 확실히 안다.

태양은 곪아 터진 작은 상처처럼
미세한 틈으로 스며 나와
통조림이 겹겹이 쌓여 있는
먼지투성이 선반으로 숨어 버린다.

요오드로 삶아 낸 여인의 심장.
재작년 여름의 화석 조각.
표본 핀에 박힌 무언가가
흡사 작은 혜성의 바싹 마른 꼬리 같다.

그는 밤새도록 앉아 있다. 허름한 집에서 떠오른
태양은 인간의 추함에 다시금 히죽 웃었고,
땅에서는 보도를 따라 또다시 예비 입학생들이
열심히 김나지움을 오간다.

붉은 귀의 인간들이 지나다니거늘. 멍청하고 순종적인
인간의 성장에 그는 답답함을 느끼지도 않는다.
대신 그가 할 수 있는 건
쉴 새 없이 제곱근 구하기.   (1915)

건강에 대한 찬가

다리가 삐쩍 마른 약골들 사이에서
나는 황소처럼 힘겹게 고개를 돌리며
배부른 축일, 고기로 인한 인간들의 건강 상태,
비만을 향해 큰 소리로 울어 댄다!

통조림처럼 신물 나는 대지를
격렬한 춤으로 뒤덮도록
불필요한 신경망으로
봄날의 나비를 채집하자!

건장한 풍채의 멋쟁이 아비들아,
연설가의 눈길처럼 뾰쪽한 돌밭 따라
총명한 정신과 의사들을 통발로 끌어내
정신 병원 철창 속으로 던져 버리자!

털북숭이 멋쟁이 수컷들아!
수음자처럼 바짝 여윈 도시,
고자(鼓子)처럼 누렇게 뜬 가로등이 만연한 도시를 뚫고
굶주린 암컷들의 욕망을 채워 주자!

(1915)

그렇게 나는 개가 되었다

자, 이건 절대 참을 수 없는 일!
그야말로 원한으로 온통 물어 뜯긴 나.
난 그대들의 방식으로 화내지 않는다.
개가 민머리 달을 대하듯
그렇게
내내 짖어 댔으면.

분명 신경과민……
밖으로 나가
산책이나 해야지.
그러나 거리의 그 누구도 나를 달래 주지 못했다.
한 여인이 큰 소리로 저녁 인사를 했다.
내가 아는 여인.
인사에 응해야 한다.
그러고 싶다.
그러나 나는 느낀다.
인간의 방식으로는 불가능하다.

빌어먹을!
꿈을 꾸는 건가?
내 몸을 만져 보았다.
예전 그대로였다.

얼굴 역시 내가 아는 그대로였다.
입술을 만져 보았다.
그런데 입술 아래
날카로운 송곳니가.

코를 푸는 척 재빨리 얼굴을 가리고,
서둘러 집으로 내달렸다
경찰 초소를 조심스레 지나던 중
갑자기 들려온 귀청 찢는 소리.
"순경!
저기 꼬리가 있소!"

손으로 더듬고서 너무 놀라 몸이 굳어 버렸다!
송곳니보다 잘 보이는
이런 것을
미친 듯 뛰어다니느라 알아채지도 못했다니.
커다란 개 꼬리가
재킷 아래
늘어져
내 뒤에서 흔들거리고 있다.

이제 어쩌지?

누군가가 소리치며 군중을 모았다.
두 명 세 명, 사람들이 모여들었다.
인파에 짓밟힌 노파는
성호를 그으며 큰 소리로 욕을 해 댔다.

거대한
성난
군중이 내 면전에서 빗자루 같은 콧수염을 곤두세우고
달려들자
나는 네 발로 서서
짖어 대기 시작했다.
멍! 멍! 멍!

(1915)

근사한 난센스

집어치워!
필시 그건 죽음이 아니다.
그런데 대체 왜 그것이 요새를 배회하고 있는가?
난센스를 믿는 당신
부끄럽지 않은가?!

명명일(命名日)의 주인공이 카니발을 열었을 뿐.
포격과 사격은 요란스러운 음향 효과를 위한 그의 발상.
그리고 자신은 두꺼비처럼 보루(堡壘)에 걸터앉아
박격포를 발사하듯 눈을 깜빡거린다.
포성과 그저 닮은
주인장의 온화한 저음.
방독면도 아닌
장난질을 위한 그의 가면.
보라!
미사일이
하늘을 재려는 듯 달려 나갔다.
쪽마루 하늘에 죽음이 퍼진다면
과연 아름다울지!
"상처에서 피가 흘러요."
아, 그리 말하지 말라.
그건 야만적이다!

카네이션은
선택받은 군인만이 선사받는 것.
달리 어찌할까?
뇌는 이해하려 하지 않고
이해할 수도 없다.
포의 목덜미에 키스할 수 없다면
대체 왜 참호는 두 팔로 그 목을 껴안고 있는가?
살해된 자는 아무도 없다!
그저 견뎌 내지 못했을 뿐.
센강에서 라인강까지 누워 있는 그들.
꽃이 피면
전사자들의 꽃밭에선
노란 잎의 괴사(壞死)로 정신이 흐려진다.
죽지 않았다.
결코
죽은 게 아니다!
그들 모두는
반드시 일어난다.
그렇게
돌아와
아내에게 얘기해 줄 것이다.
주인이 얼마나 익살스럽고 괴팍한지.

그리고 말할 것이다. 포탄도, 지뢰도,
당연히 요새도 없었노라고!
명명일의 주인공이 수많은 근사한 난센스를
생각해 냈을 뿐이라고!

(1915)

이보시오!

누군가 혀로 핥은 듯 축축한
군중.
쉰내 나는 대기에 부는 곰팡이 바람.
이보시오!
러시아여,
좀 더 새로워질 수는
없소?

눈을 감고서라도
코감기처럼 쓸모없고
약수처럼
맨숭맨숭한
당신들을 단 한 번이라도
잊을 수 있는 자는 행복하리.

세상에 카프리섬이 없다 하는 것만큼
당신들 모두는 따분한 존재들.
그런데 카프리섬은 있다.
핑크빛 털모자 쓴 여인처럼
꽃의 광채 가득한 그 섬.

우리는 기차에 몸을 싣고 해변으로 달려가지만

기선에서 몸을 흔들 때는 해변을 잊을 것이다.
우리는 수십 개의 아메리카를 발견할 것이다.
미지의 극지방에서 휴가를 누릴 것이다.

보라, 네가 얼마나 교활한지.
그런데 나는,
내 손은 얼마나 투박한가.
어쩌면 격투 시합에서
어쩌면 전장에서
나는 가장 노련한 용사일 듯.

멋지게 한 방 날리며
곧게 뻗은 두 다리를 보는 게 얼마나 흥겨운지.
마침내 검의 논리는
조상들이 있는 그곳으로
적을 보내 버렸다.

그러고는 금으로 장식된 응접실 불빛 속에서
잠자는 습관도 잊은 채
노란 눈의 코냑을 뚫어지게
응시하며
밤을 꼬박 새우련다.

드디어 고슴도치같이 털을 곤두세우고
술이 덜 깬 채로 이른 아침 들어와
너에게 죽임을 당해 바다에 던져질 거라
부정한 연인을 협박하련다.

재킷과 커프스같이 시시한 건 찢어 버리자.
빳빳하게 풀 먹인 옷가슴을 갑옷처럼 칠하자.
나이프의 손잡이를 구부리고,
단 하루라도 모두 스페인인이 돼 보자.

모두가 자신의 북방의 이성을 잊고
사랑하고 싸우고 마음 졸일 수 있기를.
이보시오!
형씨,
이 땅을
왈츠 무대로 초대하시오!

하늘을 취해 새롭게 수놓고,
새로운 별들을 만들어 진열하시오.
하여 예술가들의 영혼이 미친 듯 지붕을 긁으며
하늘로 기어오를 수 있게 하시오.   (1916)

모든 것에 부쳐

아니.
그건 있을 수 없는 일이오.
아니요!
그대는?
내 사랑,
대체 왜,
무엇 때문에?!
좋소.
단지 그대에게 들러
꽃을 바쳤을 뿐,
난 결코 그대 서랍 속 은수저를 훔치지 않았소!

창백한 나는
비틀거리며 오 층에서 내려왔소.
내 두 뺨을 때리는 바람.
빽빽거리고 울부짖으며 소용돌이치는 거리.
음탕하게 겹겹이 기어오르는 가로등.

도시의 혼돈, 그 공허 위에 나는
고대 성화(聖畫)의
준엄한
이마를 치켜들었소.

마치 임종 때처럼 그대의 육신 위에서
내 심장은
생을
마감했소.

그대가 난폭한 살인으로 두 손을 더럽힌 것은 아니오.
그대
그저 고개를 떨구고 말했을 뿐.
"부드러운 침대 속엔
그이가,
침실 협탁의 손바닥 위엔
과일과 와인이 있어요."

내 사랑!
오직 나의
곪아 터진 뇌에
존재했던 그대여!
어리석은 코미디의 진행을 멈춰 주오!
보시오!
장난감 갑옷을 찢어 버리는
나,
위대한 돈키호테를.

그대 기억하는지.
십자가의 무거운 짐을 지고
잠시
지쳐 있었던
그리스도를.
군중들의 외침을.
"거짓이야!
엉터리!"

옳소!
휴식을 간청하는
그 모든
이에게
그들의 봄날
침을 뱉으시오!
고행자 부대, 운명을 짊어진 지원병들에게
인간의 자비란 없소!

충분하오!

이제

나의 이교적 힘으로 맹세하나니!
아름답고
젊은
어떤 여인이든
내게 주시오.
내 영혼의 탕진 없이
강간하고
그녀의 심장에 조롱의 침을 뱉을 것이니!

눈에는 눈!

수천 번 복수의 씨를 뿌리시오!
모두의 귀에 대고 소리치시오:
온 대지가
태양처럼 반쯤 삭발한 머리통을 지닌
죄인이라고!

눈에는 눈!

당신들이 날 죽이고
묻는다면
난 파헤쳐 나올 것이오!

사람들은 재차 돌에 원한의 칼날을 갈겠지!
그럼 나는 개처럼 감방 침상 밑으로 숨어들겠소!
으르렁거리며
달려들어
땀 냄새, 시장 냄새 진동하는
다리를 물어 버릴 것이오.

간밤에 당신들은 벌떡 일어나겠지!
내가
불렀거든!
난 땅 위에서 자라난 하얀 황소.
음~메!
멍에 때문에 염증에 시달리는 목덜미.
염증 위에 들끓는 파리 떼.

나는 사슴으로 변해
피눈물을 흘리며
가지 않은 뿔 달린 머리를
전선으로 감아 버리리.
그래!
나는 세상 위에 한 마리 학대받는 짐승으로 서 있으리.

인간은 떠날 수 없소!
입에 기도를 머금은 인간,
누더기 차림으로 애원하는 그는 묘석 위에 누웠소.
나는
황제의 문[1]
신의 얼굴 위에 라진[2]을
서툴게 그리리.

태양아! 빛을 뿌리지 마라!
강물아, 태양이 갈증을 풀 수 없도록 말라 버려라!
광장에서 저주의 나팔을 울리려
나의 수천 제자들이 태어날 수 있도록.

마침내
시대의 정상을 밟고서
최후의 날이 그들에게
찾아올 때,
나는 살인자와 무정부주의자의 검은 영혼 속에서

---

1 정교 교회 제단 뒤 성화 벽(이코노스타시스)의 중앙 문을 가리킨다.
2 러시아 돈 카자크 출신의 스테판 라진은 17세기 러시아 농민 반란의
지도자였다.

피투성이 환영으로 타오르리!

날이 밝는다.
더욱 크게 입을 벌리는 하늘.
한 모금 한 모금
밤을 마신다.
창가에서 보이는 노을.
창가에서 흐르는 열기.
창가에서 짙은 태양이 잠자는 도시로 흘러내린다.

성스러운 나의 복수여!
내 시의 계단으로
다시금
거리의 먼지 위,
저 상공으로 이끄소서!
참회하며
충만한 심장을
끝까지 따르리!

미래의 인간들이여!
당신들은 누구인가?
바로 난

온통
고통이며 상처.
난 당신들에게 내 위대한 영혼의
과수원을 남기리라.

(1916)

릴리치카![1]
— 편지를 대신한 시

공기를 갉아 먹은 담배 연기.

이 방은,

크루초니흐의 지옥[2]의 한 장(章).

그대 기억하는지.

이 창문 너머

난 흥분에 휩싸여

처음으로 그대의 손을 어루만졌소.

오늘 바로 여기 앉아 있는 그대.

쇠를 입은 듯한 그대의 심장.

하루가 지나면

된통 욕을 하고

나를 내쫓겠지.

희뿌연 현관에서 손이 떨려

소매에 팔을 끼워 넣는 것도 한참.

난 이내 뛰쳐나가

---

1   마야콥스키의 연인이었던 릴랴 브리크(1891-1878)를 지칭하며,
'릴리치카'는 그녀의 이름 '릴랴'의 애칭이다. 1915년 「바지 입은 구름」
낭송 당시 처음 만나 1925년 공식적으로 결별했다. 「바지 입은 구름」을
비롯하여 그의 다수의 작품이 릴랴 브리크에게 헌사됐으며, 마야콥스키의
연인이자 뮤즈로 그의 삶에 지속적인 영향력을 행사했다. 1935년 스탈린의
마야콥스키 복권에 절대적인 영향을 미쳤다.
2   마야콥스키와 함께 활동했던 미래주의 시인 크루초니흐와
흘레브니코프의 서사시 「지옥 놀이」(1912)를 의미한다.

거리에 몸뚱이를 던지겠소.
절망에 빠진 난
난폭하게
미쳐 버리겠소.
내 사랑,
착한 그대여,
그럴 필요 없이
차라리 헤어집시다.
그대 어딜 가든
나의 사랑
그 무거운 저울추는
매한가지
그대에게 매달려 있을 테니.
마지막 비명으로
분노의 하소연, 그 비애를 외치게 해 주오.
황소도 너무 부려 먹으면
주인을 떠나
찬물에 드러눕는 법.
그대의 사랑 말고
내게
바다는 없소.
울면서 애원해도 그대의 사랑은 휴식을 허락지 않겠지.

지친 코끼리가 쉬려 할 땐

뜨거운 모래 위에 위엄 있게 눕는 법.

그대의 사랑 말고

태양도 없소.

하나 나는 그대가 어디서 누구와 있는지도 모르오.

그대가 이리도 괴롭힌다면

시인은

사랑으로

돈과 명예를 살 거요.

하나 내겐

그대의 사랑스러운 이름 외엔

그 어떤 소리도 기쁘게 들리지 않소.

나는 몸을 던지지도

독약을 먹지도 않을 거요.

관자놀이에 방아쇠를 당길 수도 없소.

내겐

그대의 눈길만큼

위압적인 칼날도 없소.

내일이면 그대는 잊으리.

내가 그대에게 왕관을 씌웠음을.

꽃피는 영혼을 사랑으로 불태웠음을.

덧없는 나날들, 카니발의 회오리가

내 시집 낱장들을 흩뜨려 놓으리라는 것을……
그대 발걸음 멈출 수 있는 건
거친 숨을 몰아쉬는
내 시의 마른 잎새들이 아닐는지?

그대 떠나는 발밑에
내 마지막 부드러움이나마
깔아 줄 수 있다면.

(1916)

싫증

집에 앉아 있을 수 없었다.
안넨스키,[1] 튜체프,[2] 페트.[3]
사람이 그리워
또다시 나는
영화관으로, 선술집으로, 카페로
향한다.

테이블에 앉는다.
빛.
희망이 멍청한 내 심장을 비춘다.
만일 일주일 사이
러시아인이 달라졌다면,
내 입술로 그의 양 볼을 불사를 텐데.

나는 조심스레 눈을 치켜뜨고,
재킷 입은 무리를 파헤친다.

---

1 인노켄티 안넨스키(1855-1909). 상징주의 경향의 데카당 시인이자
극작가로 아크메이즘과 미래주의에 지대한 영향을 미쳤다.
2 표도르 튜체프(1803-1873). 19세기 중후반 러시아 낭만주의 시인으로
그의 시에 표출된 이원론적 세계 인식은 상징주의에 영향을 미쳤다.
3 아파나시 페트(1820-1892). 19세기 중후반에 활동했던 러시아 서정
시인으로 주로 자연의 순수한 아름다움과 사랑의 미묘한 감정을 표현했다.

"뒤에,

뒤-에,

그 뒤!"

심장에서 공포가 외친다.

절망적이고 권태로운 공포가 얼굴에 번진다.

나는 듣지 않는다.

내 눈에 보이는 건

약간 오른쪽,

육지에서도, 바다 깊은 곳에서도 볼 수 없는

송아지 발로 뭔가에 열중하는

불가사의한 존재.

그가 먹는 건지 아닌지 보고도 알 수 없다.

숨을 쉬는지 아닌지 보고도 알 수 없다.

일 점 오 미터도 안 되는 키에 얼굴 없는 핑크빛 반죽.

어느 한구석에 라벨이라도 달려 있으면 좋으련만.

반들거리는 두 볼의 옅은 주름만이

어깨 위로 미끄러져 떨리고 있을 뿐이다.

심장은 극도의 흥분 상태,

미쳐 날뛴다.

"바로 뒤!
또 뭐지?"

왼쪽을 본다.
입이 떡 벌어졌다.
첫 번째 사람을 돌아보니 달라진 모습.
두 번째 낯짝을 보고 나면
첫 번째는 부활한 레오나르도 다빈치.

사람들이 없다.
수천 일 지속된 고통의 외침을
당신들은 이해하는가?
영혼은 말없이 가려 하지 않거늘,
누구에게 말해야 하는가?

나는 땅에 이 몸을 던질 것이다.
아스팔트를 눈물로 씻으며
피가 나도록 돌 표면에 얼굴을 문지를 것이다.
수천 번의 키스 애무에 지친 입술로
시가 전차의 총명한 낯짝을
                    뒤덮을 것이다.

집으로 가서
벽지에 달라붙을 것이다.
더 부드럽고 그윽한 향을 지닌 장미는 어디에 있을까?
원한다면
마마 자국 선명한[4]
『소 울음처럼 단순한』[5]을
네게 읽어 주랴?

역사를 위한 변

모두가 천국과 지옥으로 갈 때
이 땅은 청산되리라.
기억하라.
1916년 페트로그라드[6]에서
아름다운 인간들이 사라졌다는 사실을.

(1916)

---

4 당시 검열로 인해 지워진 부분들을 의미한다.
5 1916년 출판된 마야콥스키 시 선집의 제목이다.
6 1914-1924년 상트페테르부르크의 공식 명칭이었다.

암흑

태양처럼 골짜기로 저무는 그 얼굴들.
그저 죽어 가는 얼굴들.
목을 매기도 하고,
익사하기도 하고.
거대한 마스토돈들이
연이어 세상을 등진다.

오늘 하늘은 베르하렌[1]에게 노여워했다.
내가
그를 죽여 버리겠어!
하늘은 그렇게 작심한 듯.
맙소사,
이젠 누가 글을 써야 하는가?
설마 셰부예프[2] 같은 자가?

하긴,
쓰도록 내버려 두라.
난 그것들을 뒤적이지도 않을 테니.

---

1   에밀 베르하렌(1855-1916). 벨기에의 시인으로 1916년 11월 27일 열차
사고로 사망했다.
2   니콜라이 셰부예프(1874-1937). 통속적 주제를 주로 다뤘던 당대
저널리스트다.

한 성격 하는 나.
그야말로 황소고집.
그들의 작품을 읽는 순간
심장엔 쥐며느리 기어 다니고
뇌는 덥수룩한 머리털로 뒤죽박죽.

나는 글을 쓰지 않으리.
차라리
셀렉트 호텔³ 당구대 포켓이 얼마나 넓은지
알아보는 편이 낫겠지.
파제이 아브라모비치와 카드놀이나 하겠어.
프랑스 동맹들 사이엔
좋은 속담이
있지.
"바보들은 충분해."

작가들에게 집필을 시작하게 하라.
나 기다릴 테니.
어떤 쓰레기로
영혼의 트렁크를 채우는지

---

3   당시 페트로그라드(상트페테르부르크) 소재의 호텔이다.

104

지켜볼 테니.

군중들은 생식의 문제를 떠올릴 테지.
그들의 이성은 점점 더 궁핍해지고,
포세[4]의 강의
'대추와 광기'나 들으러 가겠지.

저속해지는 군중들.
치타시(市)[5]가 설 것이다.
모솔로바 극장[6]이 미래주의로 보일 것이다.
군중들은 집에 틀어박혀
『다정한 말』[7]을
띄엄띄엄

4   블라디미르 포세(1864-1940). 자유주의 부르주아 성향의
저널리스트다. 혁명기 반군사주의와 노동조합주의 사상을 선전하는 잡지
《모두를 위한 삶》을 창간했으나, 혁명 이후 부르주아 출판물이라는 이유로
폐간했다.
5   러시아 시베리아 남동부의 도시다. 10월 혁명 이후 내전기 '러시아
미래주의의 아버지'로 불리는 다비드 부를류크(1882-1967)는 볼셰비키
권력의 탄압을 피해 시베리아 및 극동의 도시를 순회하며 마야콥스키를
포함한 러시아 미래주의를 선전한 바 있다.
6   페트로그라드 소재 소극장의 명칭이다.
7   달콤하고 감상적인 작품이 주로 실린 아동 잡지다.

읽을 테지만.

사고(思考)는 바싹 말라 미세한 가루가 되리.
죽음만이 군중의 몫이 되는
바로
그때……
나는 잘 알고 있지.
앞으로 어떤 일이 일어날지.

그들이
이미 백발이 된
내게 와
수양버들처럼 내 목에 매달려
"친애하는
블라디미르 블라디미로비치"⁸를 부르며
애원하면,
나는 앉아서
뭐든
가장 아름다운 시를 써 주리.   (1916)

---

8   블라디미르는 마야콥스키의 이름이고, 블라디미로비치는 그의
부칭(父稱)이다.

이튿날

승리의 파발꾼이 뛰어 들어와
숨을 헐떡거렸다.
"충분하오.
즐기시오!
사랑하시오!
슬픔은 지옥으로!
우울함은 이제 그만!"
이 얼마나 놀랄 모습인가?
뒤통수에는 비단 모자.
바지는 쭈글쭈글.
단추를 꼭꼭 채운 롱코트.
두 눈,
놀랄 만큼 파렴치한
두 눈에서
두 개의 태양이 불타오르라 나는 명한다.
그 어떤 포스터보다 진실된 것.
연단의 가장 높은 곳.
오, 그대들에게 수도 없이 내뱉는 빛나는 헛소리!
기쁘게 외치지 않을 자 있으랴.
"마야콥스키!
브라보!
마야콥스키!

훌륭해!"
마담, 잠깐만!
늙은 게 뭐 어때서?
오늘은 모두가 키스하는 날.
나를 따르라!
보라,
여긴 레스토랑.
박수갈채로 가득한 홀.
웨이터, 와인을!
모든 종류의 와인을.
잔은 무슨?
술통이나 넉넉히.
바닥이 보일 때까지
빛나는 꼭지를
입에서 떼지 않겠다……
집에 가서 시를 써야 해.
핏속에 남은
와인의 술기운으로
내 사유는 섬세하니까.
그야말로
문자 '이(И)'의 세 개의 막대기가
애걸복걸하도록.

"캉캉을 추게 해 줘!"
이제 넵스키 대로로.
내 발치
어딘가에서
군중은 겁에 질린 토끼.
오직
부인네들만 동요할 뿐.
"오,
멋진 파렴치한!"

(1916)

작가가 사랑하는 자신에게 바치는 글

"카이사르의 것은 카이사르에게, 신의 것은 신에게."
네 개의 단어,[1]
불의의 일격처럼 둔탁하다.
그런데 나 같은
사람은
어디로 가야 할까?
나를 위한 거처는 어디에 마련돼 있는가?

나 만일
태평양처럼
작다면
파도의 발끝으로 일어서
밀물 되어 달에게 응석 부렸을 것을.
나처럼
사랑스러운 여인을 난 어디서 찾아야 할까?
그런 여인 있다면 작디작은 하늘에 채울 수도 없겠지!

오, 나 만일 억만장자처럼
가난하다면!

---

1   첫 행의 문장("카이사르의 것은 카이사르에게, 신의 것은 신에게.")은
러시아어 단어 네 개로 이루어져 있다.

영혼에게 돈이란 대체 뭔가?
그저 탐욕스러운 도둑일 뿐.
제멋대로 날뛰는 내 욕망의 무리를 만족시키려면
캘리포니아의 금을 다 줘도 모자라.

단테나
페트라르카처럼
나 만일 혀짤배기라면!
한 여인만을 위해 내 영혼을 불살랐을 것을!
그리고 시와 함께 재가 돼라 영혼에 명했을 것을!
말도
내 사랑도
개선문.
모든 세기의 첩(妾)들은
호화롭게,
흔적 없이 그곳을 지나가리.

오, 나 만일
천둥처럼
고요하다면
흐느껴 울어
낡아 빠진 수도원 암자를 땅의 전율로 품었을 것을.

나
만일 온 힘 다해
우렁차게 울부짖는다면,
혜성들은
불타는 손을 비틀어 대며
우울함에 몸을 던졌을 것을.

오, 나 만일
태양처럼
희미하다면
눈빛으로 밤을 씹어 먹었을 것을!
나 반드시
땅의 여윈 품을
내 광채로 적셔야 하리!

거대한 내 사랑 질질 끌고
지나가리.
그 어떤
잠꼬대 같은
아픈 밤에
어떤 골리앗에 의해서 내가 잉태된 걸까?
이리도 크고

이리도 쓸모없는 내가.

(1916)

마지막 페테르부르크 동화

우뚝 선 채
생각에 잠긴 표트르 대제.[1]
"이 몸이 자유로운 주연을 베풀리라!"
그 옆에는
취객들의 함성 속에서
아스토리야 호텔[2]이 세워진다.

빛나는 호텔.
연이어 오찬을
베푼다.
황제는 질투심에
화강암에서 떨어져 기어 내려왔다.
세 개의 청동상[3]은
원로원이 놀랄까
조용히
기어 내린다.

---

1 상트페테르부르크 원로원 광장에 있는 표트르 대제의 청동 기마상을
의미한다.
2 상트페테르부르크 중심가에 위치한 호텔로 1912년에 완공됐다.
3 세 청동상은 표트르 대제, 황제가 타고 있는 말, 그리고 말의 뒷굽이
밟고 있는 뱀이다.

드나드는 행인들.
경비원은 인사를 하는 둥 마는 둥.
무심코 뱀의 꼬리를 밟은
부주의한
누군가가
내뱉는 말.
"미안합니다."

황제,
말, 그리고 뱀은
서툴게
배급표를 내밀며
석류수를 청했다.
마비된 혀의 소음은 멎지 않았고,
먹고 마시느라 자리를 뜰 줄 몰랐다.

때마침
건초 더미를 본
말이 태곳적 습성을 드러냈다.
그때
참지 못해 고함을 치며 밀려드는 군중.
말이 지푸라기를 씹고 있다!

이들이 여기 있는 이유를 군중은 알지 못한다.
시골 촌놈들이 이곳에!

수치심에 빠르게 소용돌이치는 말의 발걸음.
거리의 가스 연기로 희끗해진 갈기.
함성은
강변로를 따라
마지막 페테르부르크 동화를
거꾸로 쫓는다.

그리고 황제는 또다시
왕홀도 없이 서 있다.
뱀.
말의 낯짝에 서린 우수.
자신의 도시에 유폐당한
수인의 수심,
표트르의 수심을 그 누가 이해하랴.

(1916)

러시아에게

자 내가 간다.
난 연과 운율, 압운의 깃털 입은
이국의 타조.
멍청한 나, 쟁쟁하게 울리는 깃털에 머리를 파묻어
숨기려 한다.

눈 덮인 불구자여, 난 그대의 것이 아니다.
영혼이여, 깃털 속 더욱 깊은 곳에
자리하라!
그러면 또 다른 조국이 나타날지니.
나 보기엔
남쪽의 삶은 모조리 타 버렸다.

폭염의 섬.
섬은 야자수 꽃병.
"이봐,
길을 비켜!"
허구는 구겨진다.
그리고 다시
다른 오아시스까지
순간순간의 발자국을 모래로 엮는다.

누구는 움츠리며
"물러서는 게 좋겠어.
물지 않을까?"
누구는 몸을 굽히며 아양을 떤다.
"엄마,
엄마,
저 새는 알을 낳나요?"
"모르겠다. 아가야.
아마 그럴 거야."

층층이 울부짖는 건물들.
몸을 늘인 거리들.
퍼붓는 듯한 추위.
연기에, 손가락에 온통 찔린 나는
힘겹게 세월을 나른다.
자, 차디찬 손아귀로 나를 움켜쥐어라!
바람의 면도날로 내 깃털을 밀어 버려라.
난 바다 건너온 낯선 이국의 새,
12월의 모든 광란 속으로
사라지리라.

(1916)

작가 동지들

'브리스톨'[1]에 앉아
차나 마시며
쓰는 글마다 거짓을 일삼는 것
나 진정 익숙지 않소.
컵을 엎어 버리고
테이블 위로 기어오르리.
내 말을 들으시오,
문학 동지들이여!

그대들은 눈을 찻잔에 떨구며
앉아 있을 뿐.
글 쓰느라 다 해진 털 소매.
못다 마신 잔에서 눈을 드시오.
엉클어진 머리털에서 귀를 방면하시오.

벽과
벽지에
달라붙어 있는
그대들,
친애하는 여러분,

---

1 상트페테르부르크(당시 페트로그라드)에 있던 문학 카페다.

119

그대들을 언어와 맺어 준 건 무엇이오?
그대들은 아실는지.
프랑수아 비용[2]은
글을 쓰지 않을 때
강도질을 했다는 사실을.

잭나이프마저
조심스럽게 쥐고 있는 그대들.
그런 그대들에게
가장 위대한 시대의 아름다움이 맡겨진 거요!
무엇으로 글을 써야 하겠소?
요즘은
변호사 비서의
삶이
백배는 흥미롭소.

시인 여러분,
귀족 유년 학생이니

---

2 프랑수아 비용(1431-1463). 15세기 프랑스 시인으로 프랑스 근대 시의
창시자라 불린다. 일설에 따르면 젊은 시절 비용은 형사 사건에 연루된
적이 있다.

궁전이니
사랑이니
라일락 나무니
정말 지겹지도 않소?
만일
당신 같은 자들이
창조자라면
난 모든 예술에 침을 뱉을 것이오.

차라리 구멍가게를 차리겠소.
장터에 가겠소.
두툼한 지갑으로 옆구리를 채우겠소.
선술집 골방에서
취기 가득한 노래로
영혼을 쏟아 내겠소.

덥수룩한 머리통을 때린다 한들 충격이 전해질까?
머릿속에 든 단 한 가지
생각.
"머리를 빗을까? 대체 왜?!
일시적으로 노력할 가치가 있는가.
영원히

단정한 머리를 하는 건
불가능하거늘."³

(1917)

---

3   레르몬토프 시 「지루하고 슬프도다」의 한 구절에 대한 패러디다.
"사랑할까? 대체 누구를? 일시적으로 노력할 가치가 있는가. 영원히
사랑하는 건 불가능하거늘."

책임을 묻자!

전쟁의 북소리 요란하게 울리고,
산 자들의 몸통에 쇠를 꽂으라 호소한다.
모든 나라가
연달아 노예들을
총검의 강철로 내던진다.
대체 왜?
굶주리고
헐벗은
대지가 전율한다.
누군가
어딘선가
알바니아를 손에 넣으려
피의 한증탕에서
인류를 씻겼다.
어떤 선박들이
보스포루스 해협을
거저 통과하려
인간 도당들의 분노가 충돌했고,
연이은 타격이 세상을 덮친다.
머지않아
이 세상엔
성한 갈비뼈라고는 남아나지 않겠지.

단지
누군가가
메소포타미아를
손아귀에 넣으려
영혼을 끌어내
그곳을 짓밟겠지.
무엇을 위해
무례한 군화들이 삐걱거리며
대지를 짓밟고 있는가?
전쟁의 하늘 위엔 누가 있는가?
자유?
신?
루블!
그들에게 목숨을 바친
그대,
대체 언제 허리를 곧게 펴고 일어설 것인가?
무엇 때문에 싸우는지
대체 언제 그들의 면전에 질문을 던질 것인가?

(1917)

3부

혁명의 시, 시의 혁명

우리의 행진

폭동의 발걸음으로 광장을 두드려라!
늘어선 행렬, 당당한 그 머리를 더 높이 들어라!
우리는 두 번째 대홍수로
온 세상의 도시를 모조리 씻어 내리라.

세월의 황소는 얼룩덜룩.
시대의 짐마차는 느릿느릿.
질주는 우리의 신이요,
심장은 우리의 북이다.

우리의 황금보다 고상한 게 또 있을까?
총알이 땅벌처럼 우리를 쏘아 댈까?
우리의 무기는 우리의 노래요,
쟁쟁한 목소리는 우리의 황금.

녹음(綠陰)으로 펼쳐져라, 초원이여,
우리의 나날을 바닥에 펼쳐라.
무지개여, 쏜살같이 질주하는
세월의 말에게 고삐를 매라.

권태에 빠진 별빛 하늘을 봐라!
저 하늘과 상관없이 우리의 노래를 엮어 내리!

이봐, 큰곰자리! 요청해라.
우리가 산 채로 하늘에 닿기를.

기쁨을 마셔라! 노래해라!
혈관 속에 봄이 흘러넘친다.
심장이여, 세차게 고동쳐라!
우리의 가슴은 청동 팀파니.

(1917)

먹구름 조각

하늘에 떠가는 먹구름.
네 개의 조각구름.

앞의 세 조각은 사람,
네 번째는 낙타.

가던 길 호기심에 사로잡혀
달라붙은 다섯 번째.

푸르른 창공, 다섯 번째 조각에서
사방으로 흩어지는 작은 코끼리들.

여섯 번째의 소행인지 알 수 없지만,
먹구름은 모든 것을 붙잡고 흩어졌다.

그러자 태양, 노란 기린이
뒤쫓아 그들을 먹어 치웠다.

(1917-1918)

말에 대한 올바른 태도

요란한 말발굽.
노래처럼 울려 퍼졌다.
"그리프.
그라피.
그로프.
그루프."[1]

바람에 취한 거리,
얼음 신을 신은
거리는 미끄러져 갔다.
말은
엉덩방아를 찧었고,
이내
나팔바지 뽐내려 쿠즈네츠키 거리를 찾은
구경꾼들이 하나둘
모여들었다.
웃음소리가 일더니 쟁쟁하게 울려 퍼졌다:

---

1   영어식 의성어인 'clip-clop'과 음성적으로 유사한 '그리프(гриб)',
'그라피(грабь)', '그로프(гроб)', '그루프(груб)'는 각각 '버섯',
'약탈하라', '관(棺)', '불손한'이라는 부정적 의미를 지닌다. 마야콥스키는
단어의 차용과 변형을 통해 시의 음성적 효과를 강조함은 물론 말발굽
소리에 부정적인 의미를 부여하고 있다.

"말이 넘어졌어!"
"말이 넘어지다니!"
쿠즈네츠키 거리가 웃었다.
나 혼자만이
그 소리에 목소리를 섞지 않았다.
다가서서
말의 눈을
바라본다……

뒤집힌 거리,
제멋대로 흘러간다……
다가서서 바라본다.
닭똥 같은 눈물이 뚝뚝
콧등 따라 흘러
털 속으로 스민다……

짐승만이 느끼는
그 어떤 슬픔이
분출해 내게서 흘러나왔고,
살랑 부는 바람에 흩어졌다.
"말아, 슬퍼 말아라.
말아, 들어 봐.

어째서 네가 인간들만 못하다고 생각하니?
귀여운 아가야,
우리는 모두 조금씩 말과 닮았고,
우리는 각자 나름대로 한 마리 말이란다."
어쩌면
이미 나이가 들어
보호자가 불필요해서인지,
내 생각을 진부하게 여겨서인지,
이내
말은
내달렸다.
앞발을 들고
힘차게 울더니
꼬리를 흔들면서
떠났다.
적갈색의 아이.
즐거운 마음으로 돌아와
마구간에 들어섰다.
그리고 내내 생각했다.
자신은 아직 어린 망아지.
삶도 노동도
가치 있는 것이었다고.

(1918)

혁명의 송가

포대(砲隊)에게 조롱당하고
야유받는
그대에게,
저격수의 험담에 상처 입은
그대에게
빗발치는 욕설 위로
나는 송가의 장엄한 문자
'오(O)'[1]를
신명 나게 들어 올리리.
오, 사나운!
오, 순진한!
오, 하찮은!
오, 위대한!
그대 지금까지 어떤 수식어로 불렸는가?
두 얼굴의 그대여, 어떤 길로 갈 것인가?
조화로운 건설로?
폐허 더미로?
석탄 먼지 뒤집어쓴

---

1   러시아어 문자 'O(오)'는 러시아어로 '송가'를 뜻하는 '오다(Ода)'의
첫 문자인 동시에 감탄문에서 주로 사용된다. 시인은 'O'의 음성적, 의미적
중첩과 반복적 사용을 통해 송가로서 시의 장르를 규정함은 물론 시적
화자의 고양된 감정이 주를 이루는 송가의 특징을 강조하고 있다.

기관사를,
광석의 심층을 뚫는 광부를
찬양할지어다.
경건하게 찬양하고
인간의 노동을 찬미할지어다.
그런데 내일
성(聖) 바실리 사원은
용서를 빌며
공연히 자신의 서까래를 들어 올리고,[2]
그대의 육 인치 포(砲) 뭉뚝한 주둥이 돼지들은
크레믈의 천년을 갈아엎고 있다.
슬라바함(艦).[3]
죽음의 항해 중의 목쉰 소리.
질식할 듯 날카로운 사이렌 소리.
그대 수병들을
침몰하는 순양함에 급파한다.

2　모스크바 붉은 광장에 있는 성 바실리 사원은 1917년 10월 반혁명
세력을 진압하던 시기 포격에 의해 파손된 적이 있다.
3　'슬라바(Слава)'는 발트 함대의 군함의 명칭으로 '영광'을 의미한다.
1917년 10월 5일 문준드 해협에서 페트로그라드 공세를 개시한 독일과의
전투 중 침몰했다. 슬라바함은 독일군의 포격으로 불길에 휩싸인 와중에도
침몰하기 직전까지 영웅적으로 싸웠다.

기억 속에 버려진

새끼 고양이가 야옹거렸던

그곳으로.

그다음!

그대는 취한 군중처럼 고래고래 외쳤다.

거만하게 말아 올린 용맹스러운 콧수염.

헬싱키의 다리에서

개머리판으로 백발의 제독들을

머리부터 밀어 버린다.[4]

어제의 상처를 핥고 핥아도

다시금 내게 보이는 건 절개된 정맥.

그대에게 주어진 것이 범속한

'오'라면, 세 배의 저주를!

나의

시적인

'오'라면, 축복받은 그대여, 네 배의 영광을!

(1918)

---

4 10월 혁명 전야에 헬싱키에서 반혁명 지휘부에 대항하여 선원들이
일으킨 봉기를 말한다.

예술 군령

늙다리 군단들은
하나같이 소일하며 꾸물거린다.
동지들이여!
바리케이드로!
심장과 영혼의 바리케이드로.
후퇴를 위한 다리를 불사른 자만이
진정한 공산주의자.
미래주의자들이여, 걷는 건 이제 그만.
미래로 도약하라!
바퀴를 굴리다 사라지는
기관차를 만드는 것으로 충분치 않다.
노래가 기차역에 쩌렁쩌렁 울리지 않는다면
전기가 무슨 소용인가?
노래하고 기적을 울리며
소리에 소리를 쌓아
전진하라.
우리가 가진 여전히 좋은 문자들:
에르(P),
샤(Шa),
시차(Щa),
바지 한 벌 지어
칼 주름 잡는 것만으로는 충분치 않다.

음악가들이 행진곡을 지어 주지 않는다면
노농병(勞農兵) 대표인들 어찌 군을 움직이겠는가.
쇠갈고리로 북과 피아노를
창문 밖 거리로 끌어내라!
북과
피아노를 두들겨 부수면 어떤가.
굉음과
뇌성을 울리면 그만.
그건 단지 그을음투성이 면상으로
공장 일에 열중하다가
휴식 시간
남들의 호사(豪奢)에
멍하니 눈을 깜빡이는 것.
하찮은 진리는 충분하다.
심장의 낡은 것을 닦아 내라.
거리는 우리의 붓이요,
광장은 우리의 팔레트.
수천 페이지
시간의 책으로는
혁명의 나날을 찬양할 수는 없는 법.
고수여, 시인이여,
미래주의자들이여, 거리로 나오라!   (1918)

기뻐하긴 이르다

미래를 갈구하는 우리.
수천 미터 도로를 편력했다.
정작 우리 자신은
공동묘지에 거처를 잡고,
궁전의 묘석에 짓눌렸다.
백군은
발견 즉시 총살형.
라파엘로를 잊었는가?
당신들은 라스트렐리[1]를 잊었는가?
총탄들이
박물관 벽을 따라 울려 댈
시간이 왔다.
수백 구경 총포로 폐물들을 쏘아라!
그건 적의 몸통에 죽음의 씨앗을 뿌리는 것.
걸리지 말지어다, 자본의 주구들이여.
알렉산드르 황제가
보스타니예 광장[2]에
서 있다고?

---

1   바르톨로메이 라스트렐리(1700-1771). 이탈리아 출신의 러시아 제국
건축가다. 러시아 바로크 건축의 대표자로 페테르부르크의 겨울 궁전과
예카테리나 궁전을 건축했다.

그곳에 다이너마이트를!
백군의 애무에 무관심한
대포를 주위에 배치했다.
그런데 왜
푸시킨은 공격받지 않는가?
다른
고전의 장성들은?
우리는 예술이라는 이름으로 폐물들을 보존한다.
혹
혁명의 이빨이 권력에 닳아 무뎌진 건가?
어서!
겨울 궁전 위에 연기를,
마카로니 공장의 연기를 퍼뜨려라!
이튿날 우리는 한동안 총질하다
생각한다.
우리가 늙은이보다는 나으리라고.
그게 무슨 소리!

---

2   상트페테르부르크 넵스키 대로에 위치한 구 즈나멘나야 광장으로
1918년 11월, 2월 혁명을 기념하여 보스타니예(봉기) 광장으로 명명됐다.
1908년 광장의 중앙에 세워졌던 알렉산드르 3세의 동상은 1937년 대리석
궁전으로 이전되고, 그 자리에 1985년 대조국전쟁 40주년을 기념하여
'영웅 도시 레닌그라드 오벨리스크'가 세워졌다.

겉으로만 재킷을 갈아입는 것으로는
부족하다. 동지들!
뒤집어 입어라!

(1918)

노동자 시인

시인에게 외쳐 대는 사람들.
"선반에서 작업하는 자네를 봤으면 해.
대체 시를 왜 쓰는 거야?
그 무익한 것을!
자네는 분명 노동 능력이 부족한 게로군."
어쩌면
노동은
우리에게
그 어떤 일보다 친근하다.
나 또한 공장이다.
그런데 굴뚝이 없다면,
아마
나도
굴뚝 없이는 힘들 것이다.
당신들이 실없는 말을 싫어한다는 건
나도 안다.
당신들은 노동을 위해 참나무를 베지.
그렇다면 우리도
목공이 아니겠는가?
참나무를 베듯 인간의 머리를 베고 있으니.
물론
고기잡이,

그물을 끌어 올리는 것도 존경받을 일이다.
철갑상어라도 그물에 걸려 있다면!
하지만 시인들의 노동이 더 훌륭하다.
고기 아닌 사람을 산 채로 잡으니.
용광로 위 뜨거운 열기를 감당하며
달아오른 쇠를 벼리는 일도 엄청난 노동이다.
하지만 그 누가
하는 일이 없다고 우리를 비난하겠는가?
우리는 언어의 거친 줄칼로 뇌를 연마하거늘.
누가 우월한가. 시인인가,
아니면
인간을 물질적 이익으로 이끄는
기술자인가?
둘 다.
심장은 다 같은 전동기.
마음은 다 같은 정교한 엔진.
동등한 우리.
우리는 노동 대중의 동지들.
프롤레타리아의 몸과 영혼.
오직 함께
우리는 세계를 장식하고
행진하며 단합의 구호를 외치리.

언어의 폭풍우를 둑으로 막아 내리.
착수하라!
활기차고 신선한 작업.
쓸모없는 연사들은
방앗간으로 보내자!
제분공에게로!
말(言)의 물결로 맷돌이라도 돌릴 수 있도록.

(1918)

상대편에게

우리는
"모든 것은 허용된다."라며
잘났다고 외쳐 대는 비명이 아니다.
우리는
칼의 징벌로의 부름도 아니다.
단지
우리는
예술의 허리를 주물러
곧추세우고자
특무장의 "쉬어!" 구호를
기다리지 않을 뿐이다.

전 로마의 해골들이
말을 타듯 우리의 등 위에서 재간을 부린다.
무덤은 그들에게 비좁은 모양.
놀랄 일은
우리가
타협 없이
끊임없는 "타도"라는 말로 세상을 포위했다는 것.

특징도 가지가지.
비너스의 완전무결을 위해 당신은

시대의 카마릴라를 용서할 채비를 마쳤다.
전 세계의 화재가 신경을 짓밟았다.
당신들은 외친다:
"소방차를 불러!
무리요[1]가 불탄다!"

그런데 우리는
아버지의 자식이지,
라신[2]과 코르네유[3]의 자식이 아니다.
구닥다리 폐물에게 변화를 제안하라.
우리는
그것에
석유를 부어
장식등을 밝히려
거리로 내놓을 것이다.
할머니와 할아버지.

<hr />

1   바르톨로메 무리요(1617-1682). 스페인 세비야 출신의 대표적인
바로크 화가다.
2   장 라신(1639-1699). 프랑스의 비극 작가다. 몰리에르, 피에르
코르네유와 함께 17세기 프랑스의 3대 극작가로 불린다.
3   피에르 코르네유(1606-1684). 17세기 프랑스의 희곡 작가로 프랑스
비극의 아버지로 불린다.

아빠와 엄마.
저주스러운 장유유서의 진창.
우리는 오두막을 부수고,
건물을 높이 세울 것이다.
그런데 당신들은 우리를
"그림의 올가미로 잡겠다고!?"

"준비됐어요!
여기 접시에 있어요!
티스푼으로 디저트를 떠 드세요!"
우리는
이렇게 권하지는 않으리.
미래주의자들의 외침:
사람들이 있는 한
예술은 걱정할 것 없다.

휑한 미래주의자들의 대열.
미래주의자들의 나이. 전원 징집 대상.
양배추처럼 잘게 썰린
우리는 전쟁과
혁명의 전리품.
하지만 우리는

무덤 속 속물들을 부르지 않는다.
보아라!
술 취한
땅,
핏빛 펀치 음료 속에서
그 배가 부풀어 오른다.
줄지어 나오는 젊은이 대열.
가거라!
발아래
그들을 짓밟아라.
우리는
자신과 우리의 창조물을
던져 버릴 것이다.
우리는 탄생을 위해 죽음을 부른다.
질주하고
비상하고
나부끼기 위해.
모든 초소를 돌파해
전쟁의 고통 뒤에 축일이
도래할 때
우리는
온갖 장식의

배열을 강요하리라 —
모든 것을 사랑하라!

<(1918)

전우의 안부를 전하며, 마야콥스키

한때
삼백의 그리스인은
페르시아 전군(全軍)과 주저 없이
싸웠다.
우리도 매한가지.
하나 우리
미래주의자는
고작 일곱 명.
역사의 먼지 속에서 발굴된 우리.
전사자가
몇 명인가.
테르모필레의 죽음에 대해
사람들은 노래한다.
그들의 결사 항전을
찬미한다.
참호에 기어든 자들,
검을 치켜든 자들,
그로 인해 전장에서 쓰러진 자들,
그들을 노래해야 한다면,
협곡에서 사색하며
불굴의 의지로 일 년을 싸운
우리를

어찌 노래하지 않을 수 있는가?
그대들에게 영광이!
사후에 대한 감언이설로
죽음에 사로잡히지 않으리.
태연자약한 이들이여,
말〔言〕의 미끄러운 절벽을 기어오르라.
한 방울,
두 방울,
당신들의 영혼이 세상 속에 흘러들어
'혁명'이라
불리는
노동자의 위업이
자라나게 하라.
축하객들이
문을 꽝 닫아 버리지 않을까?
두려움에
그들은
아찔함을 느낄까?
그럴 필요는 없다.
나는 믿는다!
백 번째
기념일을 맞을 수 있길.   (1919)

우리가 간다

당신은 누구인가?
우리는
미(美)에 강철의 음조를 부여하는
새로운 신념의 전도사.
시들어 빠진 자연으로 공원을 욕보이지 않도록
철근 콘크리트로 하늘을 찌르자.
승리자여,
노인들의 사나운 외침 뚫고
세상 따라 행진하자.
모든
반대자들에게
다음의 사건을 상기하라고
충고하자.
한번은
경찰이 무지개에
주먹을
휘두르며 말했다:
"뭐가 나보다 화려하고 깨끗하다는 거야!"
그러자 무지개는
불쑥 솟아올라
경찰의 커다란 주먹에 다시금 빛을 뿌리기
시작했다.

공산주의자가
연장자들 앞에
넙죽 엎드려야 하는가?
정든 집의 안전을 지켜야 하는가?
이것은 혁명이며,
스트라스니 수도원[1] 벽에는
이런 구호가 쓰여 있지 않은가:
'일하지 않는 자 먹지도 말라'
혁명은
수천 세대 걸쳐
무너지는 것에
눈물 흘렸던 이들을
내팽개쳤다.
새로운 건축가,
바로 우리,
내일의 도시 장식가가 올 것을
혁명은 알기에.
확고부동
활기차게

---

1   당시 모스크바 푸시킨 광장에 있었으나 혁명 직후인 1919년 철거됐다.
현재 수도원이 있던 곳에 푸시킨 동상이 세워져 있다.

우리가 간다.
어이, 이십 대들!
너희에게 호소한다.
북을 치며
물감을 양동이째 끌고 오라.
빛나거라, 모스크바여!
신문에 나온
어떤 몹쓸 놈이든
우리와 승부를
겨룰 수 있게 하라.
(목숨까지 걸 필요는 없다)
헤롯의 명령으로 모든 젖먹이는 죽었다.
그러나 청년들은
그럭저럭
살고 있지 않은가.

(1919)

여인을 대하는 태도

오늘 저녁 내내 고심했다.
우리가 사랑에 빠지면 안 될까?
어둠.
아무도 우리를 알아보지 못한다.
나는 진심으로 고개를 숙였다.
나는
고개를 숙이며
다정한 아버지처럼
진심으로
그녀에게 말했다.
"열정의 절벽은 가파른 법.
부디
물러가오.
물러가오,
부디."

(1920)

하이네처럼

번개처럼 나를 노려보았다.
"난 봤어요.
당신이 다른 여자와 함께 있는 것을.
당신은 가장 비열하고
가장 야비한 사람……"
그러고는 떠났다.
그렇게 떠났다.
욕을 하며 그렇게 떠났다.
내 사랑, 난 배운 놈이오.
투덜거리지 마오.
번개가 날 죽이지 못했거늘,
나는 맹세코
천둥도 두렵지 않소.

(1920)

내전의 마지막 페이지

붉은 별의 영웅이여, 그대에게 영광이 있으라!
피로 대지를 씻고서
코뮌의 영광 위해
산을 넘고 또 넘어
크림반도의 요새 따라 진군했던 그대여.
그들은 대포의 목을 내밀고서
전차로 도랑을 기어 다녔고,
당신들은 시신이 널려 있는 지협을 건너며
몸으로 도랑을 메웠소.
그들은
참호를 연달아 갈아엎고
납빛 강이 흐르듯 포화를 퍼부었소.
그런데 당신들은
거의 맨손으로
그들에게서 페레코프[1]를 함락했소.
그대는 크림반도를 점령했음은 물론
백군 일당을 섬멸했소.
그대의 이중 타격.

---

1 크림 공화국 아르먄스크 자치구에 속한 도시로 크림반도와
우크라이나 본토를 연결하고 아조프해와 흑해를 가로지르는 페레코프
지협에 위치한다. 1920년 11월 적군과 백군 사이의 내전으로 인해 폐허가
됐다.

그것으로
노동에 대한 위대한 권리를 획득했소.
만일
이 음울한 나날
삶이 태양이 될 운명이라면
그것은 페레코프 공세 속
당신들의 용기로 쟁취한 것임을
우리는 알고 있소.
붉은 별의 용암이여,
그대에게
우리는 한마음으로 감사의 말을 전하오.
동지들이여, 당신들에게
영원히
영광, 영광, 영광이 있으라!

(1920-1921)

쓰레기에 대하여

영웅들에게 영광, 영광, 영광이!!!

하긴
그들은
충분한 보상을 받았다.
이제
쓰레기에 대해
말해 보자.

혁명이 품었던 폭풍은 멎었고,
소비에트 잡탕은 진창으로 뒤덮였다.
그리고 속물의
추한 낯짝이
러시아 소비에트 연방 사회주의 공화국의 등에서
기어 나왔다.

(난 소시민층을 반대하는 사람이 결코 아니니
내 말꼬투리를 잡지 않겠지.
계급과 계층의 구별 없이
소시민들에게
나의 찬가를 바치련다.)

소비에트가 태어난 첫날부터
광활한 러시아 온 땅에서
모여든 사람들,
서둘러 깃털을 바꿔 달고
모든 기관에 자리 잡고 앉았다.

앉아서만 지내던 오 년 세월 엉덩이에 굳은살 박인 자들은
세면대처럼 한자리에 단단히 고정된 채
지금까지도
물보다 잔잔하게 살고 있다.
아늑한 사무실과 침실을 한데 엮어 놓고서.

저녁엔
그러저러한 무용지물 인간이
피아노 연습을 하는
아내를 바라보며
사모바르[1] 열기에 지친 채 말하길
"나쟈 동무!
명절 보너스 ―
이만사천.

―――――――――――

1 가정에서 물을 끓이는 데 사용하는 러시아 전통 주전자다.

자, 급여 명세서.

아차,

산호초처럼

생긴 바지,

난 태평양 함대의 멋진 군복 바지를

장만하겠소!"

그러자 나쟈가 말하길

"내게도 엠블럼이 있는 원피스를 사 줘요.

낫과 망치 문양 없이는 모임에 나갈 수도 없을 테니!

오늘

혁명군사소비에트 무도회에는

어떻게

꾸미고 나간담?!"

벽에는 마르크스 초상.

붉은 액자.

이즈베스티야[2] 위에 누워 몸을 녹이는 새끼 고양이.

천장 밑에는

꽥꽥거리며

미쳐 날뛰는 작은 카나리아.

---

2   1917년 창간된 러시아의 일간지로 소련 창설 직후 소련중앙집행위원회의
기관지가 된다.

벽에서 응시하는 마르크스……
갑자기
입을 쩍 벌렸다.
이렇게 고함치는 듯.
"속물근성의 실이 혁명을 휘감았노라.
브란겔[3]보다 더 끔찍한 건 속물근성의 일상.
카나리아들이 공산주의를
해치지 않도록
어서
그놈들의 목을 비틀거라!"

(1920-1921)

---

3 표트르 브란겔(1878-1928). 러시아 내전 당시 남부 러시아를 통치했던 백군의 총사령관이다.

예술 군령 2호

그대들에게 명하노라.
개벽 이래
지금까지
극장이라는 이름의 소굴을
로미오와 줄리엣의 아리아로 울려 대는
살찐 바리톤들이여.

그대들에게 명하노라.
말처럼 살찐
화가들이여.
게걸스럽게 먹고 울어 대는 러시아의 자랑,
화실에 숨어서
구식으로
꽃과 알몸을 능숙하게 그려 대는 자들이여.

그대들에게 명하노라.
이마를 주름으로 파헤치고
나뭇잎들로 몸을 가린 신비주의자들이여.
압운의 거미줄에 걸려 버린
미래주의자여,
이미지스트여,
아크메이스트여.

그대들에게 명하노라.
곱게 빗은 머리
헝클어뜨리고
광나는 구두를 짚신으로 갈아 신는 자들이여.
빛바랜 푸시킨의 연미복을
헝겊으로 기워 대는
프롤레트쿨트[1]의 문인들이여.

그대들에게 명하노라.
춤추고 피리 부는 자들,
노골적으로 배신하고
은밀하게 죄를 짓는 자들,
아카데미에서 받아먹는 상당량의 배급으로
미래를 그리는 자들이여.
그대들에게 말하노라.
사소한 일 내팽개치고
로스타[2]에서 일하는

---

1 '프롤레타리아 문화'라는 의미의 약어로 혁명기에 창설된 예술 문화
운동 조직이다.
2 '러시아 통신사'의 약어다. 마야콥스키는 1919년부터 1921년까지
이곳에서 일하며 '로스타의 창(窓)'이라는 풍자 포스터를 제작했으며, 이
기간 동안 그가 창작한 포스터와 문구는 1300여 개에 이른다.

나
내가 천재든 아니든
그대들에게 말하노라.
개머리판으로 맞고 내쫓기기 전에
중지하라!

중지하라!
망각하라.
압운에
아리아에
장미 나무에
수많은 예술로 인한
이러저러한 우울증에
침을 뱉으라.
"아, 가여운 사람!
그가 얼마나 사랑했고
얼마나 불행했는가……"라는 말에
그 누가 관심을 갖겠는가?
지금 우리에게 필요한 건
긴 머리 설교자가 아닌
장인들.
들으라!

기관차가 신음하고
바람이 문틈으로, 바닥으로 불어온다.
"돈강의 석탄을 달라!
철공과
기계공을 정비창으로 보내 달라!"

강의 수원지마다
옆구리에 구멍 뚫려 앓아누운
선창의 기선들이 절규했다.
"바쿠의 석유를 달라!"
우리가 내밀한 의미를 찾으며
다투고 논쟁하는 동안
사물들의 통곡 소리 더욱 커진다.
"우리에게 새로운 형식을 주세요!"

'거장들'의 입에서 나올 말을 기대하며
그 앞에 얼뜨기처럼 서 있을
바보는 없다.
동지들,
조국을 진창에서 건져 줄
바로 그런
새로운 예술을 제공하라.   (1921)

마야콥스키와 릴랴 브리크(1915)

4부

소비에트 자화상

회의 중독자들

밤이 가고 동이 틀 때면
매일같이 내가 보는 사람들.
본청으로,
위원회로,
정치국으로,
교육부로,
관청으로 제각각 흩어지는 사람들.
건물에 들어서면
비처럼 쏟아지는 서류 업무.
관리들은 오십여 개 서류를 선별한다.
가장 중요한 것만을!
그러고는 회의실로 흩어진다.

그들을 방문할 때면:
"접견할 수 있겠소?
태곳적부터 대기 중이오."
"이반 바니치 동무는 회의 참석차 자리를 비웠소.
테오[1]와 구콘[2]의 통합 건으로."

---

1 소비에트 연방 인민계몽위원부 중앙정치계몽위원회 산하 연극 분과의
약칭이다.
2 인민농업위원부 산하 중앙종마관리국의 약칭이다.

수백 계단 떠돌 수밖에.

만만치 않은 세상.

또다시:

"한 시간 후에 오라고 하셨소.

지금은 회의 중이오.

지방협동조합의

잉크병 구매 건으로."

한 시간 후에도:

남자 비서,

여자 비서, 아무도 없이

텅 비었다!

이십이 세 미만은 전원

콤소몰[3] 회의 참석 중.

저녁 무렵 다시금

칠 층 건물 꼭대기로 기어오른다.

"이반 바니치 동무 오셨습니까?"

_____

3 '전연방 레닌주의 청년 공산주의 동맹'의 약어로 공산당원 양성을
목적으로 1918년 설립된 소련의 청년 정치 조직이다.

"가-나-다-라-마-바-사-아 위원회
회의 참석 중이시오."

나는 화가 치밀어
거친 욕설을 토해 내며
회의실로
쳐들어간다.
그리고 내 눈에 보이는 건
회의 중인 반토막 난 사람들.
이 무슨 도깨비장난인가!
나머지 반은 대체 어디 있는가?
"몸이 잘렸다!
사람들이 죽었다!"
고함치며 미친 듯이 뛰어다닌다.
끔찍한 장면에 정신이 나가 버렸다.
이내 들려오는
비서의 차분한 목소리:
"그들은 두 회의에 동시에 참석 중이오.
우리가 참석해야 하는 회의가
하루에
스무 개는 되오.
부득이 둘로 쪼갤 수밖에.

허리까지는 이곳에,
나머지는
저곳에."

흥분 상태로 잠 못 이룬다.
이른 아침.
나는 한 가닥 희망으로 이른 새벽을 맞는다:
"아,
회의 전면 폐지 건으로
또 한 번의
회의가 열렸으면!"

(1922)

개자식들!

문장(文章)에 못 박힌 자들아,
입 닥치고 있어라!
억지로 서사시를 가장하는
이 늑대의 울음을 들어 봐라!
그 뚱보,
그 대머리를
내게 넘겨라!
목덜미를 잡아라!
내 기근보조위원회에 찔러 버릴 테니.
보아라!
드러난 수치(數値)가
보이는가……

바람이 휘몰아쳤다.
그러고는 고요해졌다.
볼가강 유역 마을
무수히 많은
지붕들이 모여 있는 묘지는
다시금 눈에 덮였다.
굴뚝은
무덤의 양초.
까마귀조차

연기로
퍼지는
구운 고기의
달달하고
역겨운
향을
감지하고
날아가 버린다.
아들?
아버지?
어머니?
딸?
누구의 고기인가?!
누가 잡아먹힐 차례인가?!

구조는 없다!
눈으로 고립됐다.
구조는 없다!
텅 빈 대기(大氣).
구조는 없다!
발아래
진흙도,

관목도 모두 먹혀 버렸다.

아니,
누구도 돕지 않을 것이다!
받아들여야 한다.
열 개의 지방 현(縣)의 무덤 치수나 측량해라!
이
천만!
이천만이여!
몸을 눕혀라!
전멸하거라!……

오직 하나, 대지만이
쉰 목소리로
미친 저주를 눈보라로 잘게 부수고,
강과
길에 흩날리는 눈의 머리칼을
바람으로 뜯으며 흐느낀다.

빵을 달라!
빵 조각을!
빵 쪼가리를!

스스로 죽음을 목도하며
뒈지지 않을 만큼
가까스로 연명하는 도시.
도시는 마른 빵 부스러기 한 줌으로
노동자의 손을 잡아끈다.

"빵을 달라!
빵 조각을!
빵 쪼가리를!"
전 세계로 울부짖는 라디오 소리.
그에 대한 응답으로
신문은 황당한 말을
연이어 쏟아 낸다.

"런던.
연회.
왕과 왕비의 참석.
먹어 대는 사람들을 금을 입힌 헛간에
수용할 수 없을까."

망할 것들!

식민지
화환을 쓴 그대들의 머리통을 가지러
인육 먹는
야만인들을 오게 하라!
왕조 위에
반란의 노을이
불타게 하라!
너희들의 도시는
모조리
재가 되어라!
대를 이어
왕관을 냄비 삼아
그곳에 수프가 끓게 하라!

"파리.
의회 소집.
프리드쇼프 난센.[1]
기근에 관한 보고.

---

[1] 프리드쇼프 난센(1861-1930). 노르웨이의 탐험가이자 학자이며 북극
연구가다. 소비에트 연방에 매우 호의적인 인물로 볼가 유역 지방 빈민
구호에 적극 참여했다.

사람들은 미소를 띠며 들었다.
꾀꼬리 아리아인 양,
테너가 부르는 최신 유행 로망스인 양."

망할 것들!
너희들은
영원히
인간의 언어를
듣지 못하리라!
이봐,
프랑스 프롤레타리아!
가망 없는 자들의 목을
언어 대신 올가미로 조여라!

"워싱턴.
윈치로 들어 올린 듯
배가 부풀어 오를 때까지
먹고
마시며,
남아도는
곡식을
던져 버린 농장주들.

그들은 이제
옥수수 가득 실은 기관차를 물속에 처넣고 있다."

망할 것들!
그대들의 거리마다
소요가 들끓게 하라!
더 아픈 장소를
물색해
미국이든,
북미든,
남미든
사람들이 그대들의 부푼 배를
축구공 삼아
뛰어다니게 하라!

"베를린.
망명으로 활기를 띠는 곳.
허기진 자들과 싸울 수 있어
기뻐하는 도당들.
콧수염을 말아 올린 채
베를린을
활보하며

큰소리친다.
애국자라고!
러시아인이라고!"

망할 것들!
그들에게 영원히 어울리는 말, "꺼져!"
짤랑대는 프랑스 금화에게 박해받는 자들이여,
유다의 모습으로 모두에게 혐오감을 주면서
방황하는 유대인처럼 이국땅을 전전하라!
러시아의 숲이여,
모두 집결하라!
가장 큰 사시나무를 선별하라.
그들의 몸뚱어리
영원히 그곳에 매달려
검푸른 그 모습 하늘 아래 흔들리도록.

"모스크바.
구걸하는 여인들이 하소연한다.
'앙피르' 레스토랑에서
손님들이 인상을 쓰거나
1918년에 폐기된
삼십 루블짜리 지폐를 준다고."

망할 것들!
한 모금 한 모금
마시는 족족
위장이 타 버리면
좋으련만!
육즙 가득한
비프스테이크가 가위로 변해
장 내벽을 가르면 좋으련만!

전멸.
이천만이 전멸하리!
불가강을 외면한 두꺼운 낯짝들에게
죽어 간 모든 사람들의 이름으로
오늘부터 저주를.
영원한 저주를.
기름진 뚱보를 향한 말도,
황제의 옥좌를 향한 말도 아니다.
그들의 심장 속에서
말은 아무 효력도 없는 법.
그들을 움직이는 건 혁명의 총검.

너희들은
대군(大軍)의 일부.
그러나 너희들에게 세계의 화약을 던진다.
그 위력으로,
지하 곳곳까지 미친
그 위력으로
무수한 부자들의 세상은
폭파되리라!
너희들에게! 너희들에게! 너희들에게!
바로 이 말을!
거리 표석에 들어찬
숫자처럼
부르주아 정산서에 볼가를 빼곡히 기입하라!

그날은 올 것이다!
모든 걸 일소하며 연기를 뿜어 대는
전 세계의 불길.
복수의 이 시간
부자들의 궁궐 기둥을 뽑으며
가차 없이
잔인해져라!

(1922)

나는 사랑한다

흔히 그렇듯

사랑이란 세상에 태어난 누구에게나 주어지는 것.
하나 일에
돈벌이에,
그런저런 일로
마음의 토양은
하루하루 메말라 간다.
심장은 몸을,
몸은 셔츠를 걸쳤다.
그것으로는 모자란단 말인가!
어떤
머저리!
커프스 장식에
가슴엔 풀을 빳빳이 먹였다.
늘그막에 깨달아
여자는 화장하고
남자는 뮐러[1]처럼 방아 찧듯 흔들어 댄다.
그러나 이미 늦었다.

---

1   요르겐 뮐러(1866-1938). 덴마크의 체조 지도자이자 유명한 체조
교과서의 저자다.

피부엔 주름이 자글자글.
사랑은 꽃피고
또 피다가
쪼그라드는 것을.

어린 시절

적당히 사랑을 타고난 나.
인간이란
어릴 적부터
가정 교육을 잘 받아야 하는 법.
그런데 난
리오니[2] 강변으로 달려 나가
빈둥빈둥
쏘다녔지.
엄마는 화를 내셨어:
"쓸모없는 녀석!"
아빠는 허리띠로 때린다고 을러댔어.
그런데 난

2　쿠타이시를 가로지르는 강이다. 쿠타이시는 마야콥스키가 어린 시절을 보낸 조지아의 서부 도시다.

삼 루블짜리 위조지폐를 구해
담장 아래서 군인들과 카드 노름을 했어.
셔츠도 걸치지 않고
맨발로
쿠타이시의 땡볕에 그을린 나.
때로는 태양에 등을 들이대고,
명치끝이 아릴 때까지
배를 들이대고.
태양은 놀랐을 거야:
"잘 보이지도 않는 쪼그만 녀석이!
심장도
작은 녀석이.
어린 게 제법이군!
어찌
일 미터 남짓
저 작은 키에
나와
강과
수백 킬로 절벽을 품을
자리가 있을까?!"

청소년기

청소년에겐 할 일이 산더미.

바보를 더 멍청하게 만드는 우리의 문법 수업.

난 오 학년 때

퇴학당해

모스크바 감옥에 던져졌지.

당신네

아파트

작은 사랑방에선

침실을 위한 곱슬머리 서정시가 자라날 테지.

그런 속된 서정시에서 얻을 게 있을까?!

난 바로 이곳

부티르카[3]에서

사랑을

배웠어.

내가 왜 불로뉴 숲을 그리워해야 하나?!

내가 왜 바다를 보고 한숨지어야 하나?!

내가

사랑에 빠진 건

---

3 부티르스카야 형무소를 칭하는 말로 1909년에서 1910년까지
마야콥스키가 이곳에 수감되었다.

103호[4] 감방의 감시창 사이로 보이는
'장의사 사무소'.
날마다 햇빛 보는 사람들의
배부른 소리.
"이 빛들을 죄다 어디에 쓰지?"
그러나 그때 나는
벽에 반사되는
한 줄기 노란빛에
세상 모든 것을 바치고 싶었어.

대학 시절

당신들도 알고 있는 프랑스어.
구문을 나누고
늘이고
현란한 어형 변화까지.
열심히 해 보라지!
그런데 건물과 화음 맞춰
노래할 수 있는 사람
있는가?

---

4   마야콥스키가 수감된 형무소의 독방 호수다.

시가 전차의 언어를 당신들은 이해하는가?
갓 부화한
햇병아리 인간이
움켜쥔 거라곤
책과
공책.
난 철과 함석 책장을 넘기며
간판에서 알파벳을 익혔어.
땅을 떼어
가르고
파헤치며
학습하는 사람들.
그 모든 건 작은 지구본만으로도 가능한 일.
그런데 난
옆구리로 지리학을 배웠어.
내가 땅에
드러누워 노숙한 건
바로 그런 이유!
일로바이스키[5] 같은 부류를 괴롭히는 골치 아픈 문제:

5　드미트리 일로바이스키(1832-1920). 반동적 군주주의 경향으로 러시아 역사 교과서를 집필했던 역사학자다.

바르바로사[6]의 턱수염은 불그레했을까?
그랬거나 아니거나!
난 먼지 뒤덮인 헛소리를 뒤적이진 않을 터.
나는 모스크바의 모든 역사를 꿰고 있거늘!
(악을 증오하려) 도브로류보프[7]를 들먹이면
유서 깊은 집안은 반대하며
짖어 대지.
늘 밥 한 끼에
자신을 팔았던 나,
난
어릴 적부터
기름진 자들을 증오해 왔어.
배웠다는 인간들은
자리 잡고 앉아
여인들의 마음을 사려
녹슨 머리 짤랑거리며 속내를 드러내지.
오직 건물들과

---

6   12세기 신성 로마 제국의 황제 프리드리히 1세의 별칭으로
이탈리아어로 '붉은 수염'을 의미한다.
7   니콜라이 도브로류보프(1836-1861). 구시대와 러시아 현실을 비판한
대표적인 러시아의 급진적 지식인으로 리얼리즘 문학 비평의 토대를
마련했다.

대화를 나눠 온
나.
급수탑은 나의 말동무.
지붕도 들창으로 귀 기울이며
내 말을 들었지.
그러고는
혀 굴리듯 풍향계를 돌리며
밤에 대해,
서로에 대해
재잘거렸어.

성년기

어른들은 할 수 있는 일이 많아.
주머니에 돈이 두둑하니.
사랑하기?
좋지!
백 루블 정도면 가능한 일.
그런데 난
집도 없이
커다란 손을
찢어진

주머니에 찔러 넣고
눈을 부릅뜨고 싸돌아다녔어.
밤.
최고급 옷을 차려입고,
아내와 과부의 품에서 위안을 찾는 당신들.
모스크바는
자신의 끝없는 사도보예의 원[8]으로
나를 뜨겁게 포옹했어.
첩들의
심장은
시계처럼 똑딱똑딱.
사랑의 침실엔 황홀감에 빠진 남녀.
나는
스트라스나야 광장[9]에 누워
도시의 거친 심장 박동에 귀 기울였어.
심장이 보일 만큼
단추를 풀어 헤치고
태양과 웅덩이에 나를 펼쳐 보이는 거야.

---

8   모스크바 도심을 두르고 있는 환상 도로다.
9   모스크바 중심가에 있는 광장으로 1931년 푸시킨 광장으로 명칭이
변경됐다.

열정으로 내게 오라!
사랑으로 기어들라!
이후 난 내 심장을 통제할 권한을 잃었어.
남들의 심장은 어디 있는지 잘 알거늘.
심장이 가슴 속에 있다는 건 누구나 아는 사실!
내 몸의
해부학은 엉망진창.
내 몸 여기저기
웅성대는 심장.
심장이 몇 개인지,
봄날만도 몇 번인지,
이십 년간 달아오른 내 안에 밀려들었어!
아직도 남은 심장, 참기 힘든 그 무게.
시적 표현이 아닌
말 그대로
참기 힘든 그 무게.

그 결과 일어난 일

마치
불현듯 밀려오는 시인의 잠꼬대처럼
내 작은 심장 덩이는 거대해졌어.

불가능하리만큼,
필요 이상으로.
사랑도 산더미.
증오도 산더미.
그 무게로
다리는
후들후들.
알다시피
난
건장한 체격의 소유자.
그런데도
난 구부정한 어깨로
심장의 부속물인 양 걸음도 느릿느릿.
시의 젖으로 부풀어 오른 나.
분출되지 못하니
또다시 터질 듯 가득 찬 느낌.
서정시에 극도로 지친 나.
난 세상의 젖먹이 유모요,
과장된
모파상의 전형.[10]

---

10 모파상의 단편 「목가」에 등장하는 유모를 염두에 둔 표현이다.

나는 부른다

장사(壯士)처럼 들쳐 메고
곡예하듯 들어 날랐지.
유세 집회에 사람들을 불러 모으듯,
마을
화재에
울리는 사이렌처럼
나는 외쳐 댔지.
"여기 있소.
심장이 여기 있소!
가져가시오!"
한 덩치 하는 내가
소리치자
여인들은
눈길도 주지 않고
티끌처럼
먼지처럼
눈 더미처럼
신호탄 불꽃처럼
내게서 흩어졌어.

"우린 좀 더 작은 게 좋아요,
차라리 탱고를 추면 좋으련만……"
너무도 버거운 짐
나는 참고 나르고 있어.
당장에 던져 버리고 싶지만,
그럴 수 없다는 것을
알기에!
휘어 버린 늑골이 더 이상 지탱하지 못할 듯.
버티느라 흉곽은 쪼개질 지경.

그대

날 찾아온 그대.
내 우렁찬 목소리와
큰 키를
능숙하게
훑고서
내가 아직 애라는 걸 눈치챘어.
그대는 내 심장을 쥐고
빼앗더니
계집아이 공놀이하듯
그저

가지고 놀았지.
유부녀고
처녀고
저마다
괴물이라도 본 듯 입을 놀렸지.
"저런 놈을 사랑한다고?
저런 놈이 달려들면 어쩌려고!
저 여자는 분명 맹수 조련사일 거야.
동물원 직원일 거야!"
난 기뻐 날뛰었어.
이젠 심장도 없고,
짐도 벗었으니!
기쁨에 겨워 정신없이
이리저리 뛰어다녔지.
결혼식장의 인디언들처럼 껑충껑충.
얼마나 즐겁고
홀가분하던지.

불가능

그랜드 피아노를 나 혼자
나를 수는 없어.

(내화 금고는
더더욱.)
금고도,
피아노도 안 된다면
내 심장
다시 가져올 수 있을까.
은행가들은 다 아는 상식:
"우리는 갑부.
주머니가 모자라
금고에 채워 두지."
철제에 든 재물처럼
난 그대 안에
사랑을
감춰 두고서
크로이소스[11]처럼 기뻐하며
돌아다니는 거야.
혹시
마음이 내키면
반쪽 미소든,
더 작은 미소든,

---

11 크로이소스는 막대한 부를 소유했던 리디아의 마지막 왕이다.

미소를 짓고
사람들과 유흥을 즐기며
십오 루블 푼돈 같은 서정시 몇 편을
밤새 탕진해 버릴 수도 있는 일.

나도 그렇게

배는 항구로 흘러들고,
기차는 역으로 향하는 법.
하물며 사랑하는 나!
그대를 향하고 그대에게 끌리는 건
당연한 일 아닌가.
푸시킨의 인색한 기사[12]가
재물을 뒤적이며 희열을 느끼려 지하실로 내려가듯.
내 사랑아,
나도 그렇게 그대에게로 돌아가리.
이건 내 심장,
내가 희열을 느끼는 것.
당신들이 기쁘게 집으로 돌아와

---

12 「인색한 기사」는 1830년에 볼디노에서 창작된 푸시킨의 네 편의
소비극 중 하나다.

면도와 목욕으로
때를 벗기듯,
나 또한 그렇게
그대에게로 돌아가리.
내가 향하는 그대가
진정 내 집이 아닐까?!
대지는 지상의 모든 것을 품는 법.
누구나 종착지로 회귀하는 법.
이별했을 때에도,
멀어졌을 때에도
나도 그렇게
부단히
그대를 향하리.

결론

다툼도
소원함도
사랑을 쓸어 내지 못하리.
사랑은 깊어지고,
검증되고,
확실해지기 마련.

시의 손을 엄숙히 들어
맹세하나니 —
변함없이 진심으로
나는 사랑한다!

(1922)

5월 1일

시인들이란
　　　　노련한 족속.
시?
　좋지.
　　　압운만 있으면 그만인 것을.
5월에 관한 시보다
더
　저속한 건 없었어.

명사:　　꿈.
　　　　몽상.
　　　　민족.
　　　　불길.
　　　　꽃.
　　　　장미.
　　　　자유.
　　　　깃발.

형식:　　5월의
　　　　동화.

형용사:　붉은.

밝은.
봄의.
천상의.
무한한.
격렬한.

보이는 건
        압운의 샌들을 신은 것들.
오늘도
        가냘픈 다리를 가진 시는
고대 그리스인의
                예술적 토가를 입고서
자신만의 징표를 질질 끌며
                        종이를 활보한다.
우리,
        새벽녘의 다섯 살 난 아들들을
젖먹이 요람의 압운으로 돌보는 건
                        이제 충분하다.
오늘의
        인사말이나마
                바꿨으면 하는
                        생각.

운율이 없고
압운이 없으면 어떤가.
5월 1일.
12월 만세!
5월로
우린
아직 부드러워질 수 없다.
혹한과 시베리아 만세!
의지를 단련시킨 혹한.
감방의 돌,
고된 노역은
그 어떤 봄보다
사람들의 손으로 빽빽한
숲을
잘도 길러 냈지.
그 손으로
우린 5월의 깃발을 높이 든다.
12월 만세!
5월 1일.
부드러움을 타도하라!
증오 만세!
수백에 대한 수백만의 증오.

단합을 공고히 해 준 증오.
프롤레타리아여!
총탄의 휘파람을 불어라.
증오 만세!
5월 1일.
대지의 무분별한 사치를,
봄의 우연성을 타도하라.
세상의 미미한 힘들에 대한 이해타산 만세.
이성 만세!
이성은
겨울과 가을로
5월을
영원히
　　　푸르르게 해 주는 것.
미래주의자들의 인공적인 5월,
5월의 활동 만세.
단순하게 말해도
　　　　　　서툴게 말해도
또다시
　　　시적 편견의 안개 속.
녹록지 않은 미래.
　　　　　그 끝자락이나마

잡아챌 수 있다면

그것만으로도 좋은 일.

(1923)[1]

---

1 1923년은 소비에트 문화사뿐 아니라 마야콥스키 창작에 있어 매우 중요한 해다. 이 시기 마야콥스키를 중심으로 '2차 미래주의'라 불리는 '레프'가 창설되고, 기술과 실용성 중심의 예술 경향인 '구축주의'가 건축, 디자인 분야와 맞물려 이론적인 발전을 시작하고 있었다. 마야콥스키의 창작에서 단어와 구문이 계단 모양으로 배열되는 '계단시'가 처음 등장한 것도 바로 이때다. 1923년 「이것에 관하여」의 3장에서 사용된 이래 마야콥스키의 후기 창작 전반에 적용된 '계단시' 형식은 러시아의 언어학자이자 시 연구가인 가스파로프(M. Gasparov)가 언급한 대로 "마야콥스키의 시 체계에서 가장 특징적인 표식"이다. 계단 모양 배열을 통해 텍스트의 파편적 분할과 해체를 시각화한 '계단시'는 몽타주적 사유와 그 원칙이 주를 이뤘던 1920년대 러시아 구축주의와 깊은 관계가 있다. 그는 에세이 「시를 어떻게 만들 것인가?」(1926)에서 계단시 분할을 기존의 구두법으로 표현 불가능한 시의 운율과 리듬을 극대화하기 위한 것이라고 밝혔다. 구축주의 예술가들과의 광고 및 출판 작업, 그리고 선전 선동 시에 몰두하던 당시 마야콥스키에게 계단시는 낭송을 '듣는' 청중은 물론 인쇄된 텍스트를 '보는' 모든 대중들에게 시의 음조와 리듬의 최대치를 전달하기 위한 가장 효과적이고도 강력한 무기였다.

농촌 통신원

도시는 성장한다.
                    그러나 머나먼 시골,
조용한
        벽지에선
늙은
        털북숭이
                짐승 같은 방식이
고대의 야생에서
                점점
                        얼어붙는다.
미개한 농촌.
            농촌 통신원만이
치명적 위험에
            목숨을
                    걸고
자신의
        작은
            몽당연필로
산더미 무질서를
                과감하게
                        쪼아 댄다.
농촌에

퍼지는
                그럴듯한 소문:
"반카가 작가라더군!"
                    돌을 감추고
농가에 숨어 있는
                부농 패거리가
승냥이처럼
        이빨을 달그락거리며
                    어슬렁거린다
밤을 쫓는
        어둠의 숲……
"반카가 온다!
        정교도들이여,
                조용히 하라!"
도끼로 한 방!
        그러고는 껄껄 웃는다:
"어때?
    이젠
        분명 못 쓸 테지!"
힘겹고
    고단한
        농촌 통신원의 길.

그러나 가련한
　　　모든 이들,
　　　　　고통받는 모든 이들,
모욕당하는 모든 이들,
　　　　　가난한 모든 이들
매일같이
　　　당신들을 찬미하고
　　　　　우러러보리!
적은 부유하고,
　　　약삭빠른
　　　　　교활한 자들,
하나 우리는 그들의 족쇄를
　　　　　찰 수 없다.
당신들의 연필은
　　　　　소총보다 확실하고,
정확성과
　　　관통력은
　　　　　총검을 능가한다.

　　　　　　　　　(1924)

노동 통신원

문맹의 산맥을
             이마로
                들이받고
즉시
   펜대를 쥐고
               앉은 노동 통신원들.
이자는 이렇고,
              저자는
                  저렇고,
모두에 대해
        기록을
           해야 한다.
기술 전문가들,
           기관 부관들,
                공장 책임자들,
                         마치 솔개처럼
노동 통신원들의 활동을
              매섭게
                 주시한다.
이렇게 쓴다:
         "상스러운 기술 전문가
                    임명.

어떤 업무도
　　　그와 조율 불가능."
그렇게 적으며
　　　생각하기를:
　　　　　"이 정도면 멋지잖아?!"
노동 통신원의 미소가
　　　　기쁨으로
　　　　　빛난다.
또 이렇게 쓴다:
　　　"여자에게 치근대는
　　　　　　수상한 족속
페트로프.
　　　욕설의 달인".
백군파와
　　　도적들에게
　　　　　노동 통신원이란
장티푸스보다,
　　　성인 홍역보다 못한 존재.
주먹을 움켜쥐고
　　　　눈을 찌푸리다가
노동 통신원의 글과
　　　벽보를

찢어 버리면 기뻐할 자들.
그래도 노동 통신원은
　　　　대담한 기질의 소유자.
맨손으로
　　　그들을 감당할 수 없다.
인쇄물의 무게를
　　　　　아는 노동 통신원,
총으로도
　　　그들을 위협할 수 없다.
글을 쓰는 노동 통신원.
　　　　　그들의 슬로건은:
"있는 그대로 쓰고
　　　　본질을 간파하라!"

(1925)

5월

나는 기억한다.
　　　　지난날
　　　　　　5월 1일을.
나는 허름한 집들 뒤로
　　　　　　몰래
　　　　　　　기어들었다.
곁눈질을 했다:
헌병은 어디 있나,
　　　　　　카자크 기병은 어디 있나?
캡 모자를 쓰고
　　　　펜을
　　　　　　손에 쥔
　　　　　　　노동자들.
암호를 중얼거리며
　　　　　계속
　　　　　　모여들었다.
도적처럼
　　　무리 지어
　　　　　소콜니키[1]로,

1　행정 구역상 모스크바 동부에 위치한 지역 이름이자 이 지역에 있는
공원의 이름이다.

가장
　　인적 드문 풀숲으로
　　　　　　숨어들었다.
믿을 만한 이들에게
　　　　망을 보라
　　　　　　재촉했다.
다급하게
　　이루어진
　　　　조용한 연설.
그러고는 돌연
　　　품에서
　　　　　붉은 깃발 꺼내 든 노동자들,
무리 지어
　　우리의 뒤를
　　　　　따랐다.
갑자기 말발굽에
　　　관목이
　　　　　뚝 부러지는 소리.
"감옥에 처넣어라!
　　　　칼로 베어라!
　　　　　　채찍을 휘둘러라!"
그러나 절망의 슬픔이

우리를
　　　짓누를 수 없었다.
모든 공장 노동자가
　　　　우리 뒤에 있다는 걸
　　　　　　　알았기에.
이 순간이
　　　노동자들을,
　　　　　온 세상의
빈자들을
　　　결속시키리라는 걸
　　　　　　우린 알았기에.
칼에 쓰러진
　　　　기수도
　　　　　자신이 흘린 피가
가장
　　　믿을 만한 씨앗임을
　　　　　　알았기에.
오리라.
　　　무수한 사람들이 모여들어
붉은 깃발
　　　수백만이
　　　　　궐기할 그때가 오리라!

에스 에스 에스 에르[2]의

　　　　무한 괴력이

지난 시대와 세기에 대한

　　　　공격에

　　　　　　나서리라.

(1925)

2　소련(USSR: 소비에트 사회주의 공화국 연방)의 러시아어 약칭이다.

집으로!¹

잡념들이여, 너의 집으로 사라지거라.
영혼과 바다의 심연이여,
             포옹하거라.
언제나
      맑은 사람,
내 생각에
         그 사람은
                  그냥 바보.
나는 이 배에서
           가장 열악한 선실에 있다.
밤새 위에서 들리는
              발소리.
밤새
    천장의 평온을 깨며
이어지는 춤과,
            선율의 신음:
"마르키타,
        마르키타,

---

1   마야콥스키는 1925년 7월 30일부터 11월 22일까지 미국에 체류했으며,
이 기간 미국을 주제로 한 10여 편의 시를 창작했다. 이 시는 미국 체류를
끝내고 모스크바로 돌아오는 배 안에서 썼다.

나의 마르키타,

마르키타,

        어째서 그대는

날 사랑하지 않소……"

그런데 왜

        마르키타가 나를 사랑해야 하지?!

내 수중에

        몇 프랑 남지도 않았거늘.

(눈짓 한 번에!)

          백 프랑이면

마르키타를

        방으로 보내 줄 것이다.

없는 돈으로

        멋 부리며 살려는가.

아니,

    지식인이여,

           앞머리를 움켜쥐고

시의 비단에

      촘촘히

           박음질하는

재봉틀은

      그녀에게 넘길지어다.

프롤레타리아는
밑바닥을 따라
공산주의에 다다른다.
탄광,
낫,
갈퀴가 있는 밑바닥을 따라.
하나 나는
시의 창공에서
공산주의로 몸을 던진다.
그것 없이는
사랑도 내겐
불가능하니.
추방을 당했든
엄마에게 보내졌든,
상관없이
내 강철의 언어는 녹슬고
청동의 저음은 색을 잃어 간다.
왜 내가
이국의 비를 맞아 가며
흠뻑 젖어
썩어 가고
녹슬어야 하는가?

바다 건너 떠나온 나,
　　　　　이렇게 누워
태만하게
　　　내 기계의 부품들을
　　　　　　　가까스로 돌린다.
내 느낌엔
　　　　난
　　　　행복을 만드는
소비에트 공장.
나는 원치 않는다.
　　　　　　고된 노동을 마친 내가
초원의 한 송이 꽃으로
　　　　　　　꺾이기를.
나는 원한다.
　　　　　국가계획위원회가
　　　　　　　　토론으로 땀 흘리며
한 해의 과제를
　　　　　내게 부여하기를.
나는 원한다.
　　　　　각 시대의 전권 위원의
　　　　　　　　　명령이
내 생각에 드리우기를.

나는 원한다.
　　　　전문가를 위한 최고의 보상,
거대한 사랑을
　　　　　내 심장이 받기를.
나는 원한다.
　　　　작업이 끝나면
　　　　　　　　공장위원회가
자물쇠로
　　　　내 입 채워 주기를.
나는 원한다.
　　　　펜을
　　　　　　총검에 견줄 수 있기를.
정치위원회에서
　　　　　스탈린이
주철과
　　　　강철 생산 작업과 더불어
시 작업에 대한
　　　　　　보고서를 작성하기를:
"이러
　　　저러하여……
　　　　　　우리는
노동자들의 소굴에서

220

최고 수준까지 도달했다.

공화국

　　연방에서

　　　시에 대한 이해는

전쟁 전의 수준을

　　　능가하게 되었다……"

(1925)

세르게이 예세닌[1]에게

당신은
　　　이른바
　　　　　저세상으로 떠났소.
공허 속에……
　　　　　별들을 뚫고
　　　　　　　날아가는 당신.
선불금도,
　　　선술집도 없으니
이젠 맨정신이겠소.
아니, 예세닌,
　　　　이건
　　　　　조롱이 아니오.
조소 아닌
　　　슬픔 덩이가
　　　　　날 목메게 하오.
눈에 선하오.
　　　　　손목을 긋고 주저하다가
자신의
　　　뼈가 담긴

1　세르게이 예세닌(1895-1925). 목가적 풍경에 대한 심리적 서정시를
통해 러시아 민중성을 노래했던 대표적인 농촌 시인이다.

자루를 흔들어 대는 당신의 모습이.[2]

멈추시오!

그만두시오!

제정신이오?

창백한 백악 가루로

두 뺨을

뒤덮을

셈이오?!

과연 당신은

이 세상

그 누구도

할 수 없는

엉뚱한

말을 지껄여 왔소.

왜?

무엇 때문에?

정말이지 당황스럽소.

비평가들이

종알대고 있소:

---

2 예세닌은 칼로 손목을 그어 그 피로 유서를 쓰고, 이튿날 목을 매 자살했다.

"이런

　　　　저런 이유……

　　　　　　　무엇보다

　　　　　　　　연대[3]가 부족했고,

　　　결국

　　　　　　맥주와 와인을 과하게 마셨기 때문이다."

　그들은

　　　　　계급이

　　　　　　　당신의 보헤미안[4] 방식을

　　　　　　　　　　　　대신했다면,

　계급 의식으로

　　　　　싸움은 피했을 거라 하오.

3　'연대'는 초기 혁명 러시아에 등장한 레닌의 사상으로, 올바른
사회주의 이론의 담지자인 프롤레타리아가 대다수인 농민을 교화해야
한다고 주장했다. 연대가 부족했다는 표현은 농촌 시인 예세닌이
프롤레타리아(노동자 계급)의 교화를 받지 못했으며 그들의 사회주의
이데올로기와 계급 의식을 이해하지 못했다는 당대 비평가들의 모욕적인
평가라 할 수 있다.
4　'보헤미안'은 부르주아 사회에서 게으르고 방종한 생활 방식을
영위하는 작가, 예술가, 배우 등 '자유로운 직군'의 사람들을
칭하는 표현이다. 마야콥스키는 자신의 에세이 「시를 어떻게 만들
것인가?」(1926)에서 '보헤미안'을 "모든 예술적 속물의 일상을 칭하는
보통 명사"로 규정한 바 있다.

자, 프롤레타리아 계급이

　　　　크바스[5]로

　　　　　　　갈증을 달래던가?

　그들 역시

　　　애주가인 것을

　그들은

　　　초소 그룹[6] 중 누구든

　　　　　　당신 곁에 있었더라면

당신의 시에 담긴

　　　내용은

　　　　　훨씬 더 풍부했을 거라 하오.

도로닌[7]처럼

　　　지루하고

　　　　　길게

당신은

―――――――

5 크바스는 호밀과 보리를 주재료로 한 슬라브 전통 발효 음료다.
6 초소 그룹은 1923년 창간된 문예 잡지 《초소에서》를 중심으로 조직된
급진적인 프롤레타리아 작가, 비평가 그룹이다.
7 이반 도로닌(1900-1978). 1925년 서사시 「트랙터 타는 농부」를
발표했던 소비에트 시인이다. 마야콥스키는 「시를 어떻게 만들
것인가?」에서 그에 대해 이렇게 쓴다. "도로닌의 4000행은 수만 번은
경험한 언어와 압운의 단조로운 풍경으로 충격을 준다."

하루에
　　시 백여 행은
　　　　썼을 거라 하오.
내 생각엔
　　말 같지도 않은 그런 일이
　　　　　있었더라면
당신은
　　진작에 자살했을 것이오.
권태로 죽느니
　　　　보드카로 죽는 게
훨씬 낫소!
목을 조인 매듭도,
　　　　작은 칼도
우리에게
　　상실의 원인을
　　　　밝혀 주지 않소.
어쩌면
　　앙글레테르 호텔[8]에
　　　　잉크가 있었다면

8　상트페테르부르크 중심가에 위치한 호텔이다. 1925년 12월 이 호텔의
객실에서 예세닌의 시신이 유서와 함께 발견됐다.

정맥을
　　끊을
　　　　이유도 없었을 것이오.
모방자들은 기뻐했소:
　　　　　　앙코르!
십수 명이
　　자신에게
　　　　같은 형벌을 가했소.
대체 왜
　　자살 건수를
　　　　늘려야 하오?
차라리
　　잉크 공급량이나
　　　　늘릴 것이지!
이제
　　당신의 혀는
　　　　꾹 다문 입 속에
　　　　　　영원히 갇혀 버렸소.
신비극을 늘어놓는 건
　　　　괴롭고도
　　　　　　부적절한 일.
대중도,

언어의 창조자도

쟁쟁한 목소리의

　　　방탕한 수습 시인을

　　　　　　잃었을 뿐.

과거

　　누군가의 장례식에 바친 것과

　　　　　　　다를 바 없는

추모시 파편들을

　　　　나르는 사람들.

무딘 압운을

　　　말뚝인 양

　　　　　분묘에 박아 대는 사람들.

진정 그렇게

　　　시인을

　　　　애도해야만 하는가?

당신의 동상은

　　　아직 제작되지 않았소.

청동의 울림,

　　　화강암 연마 소리,

　　　　　들리는 곳 대체 어디인가?

헌사와

　　추도사 같은 폐품들을

이미

기억의 철창(鐵窓)으로

옮겨 날랐소.

당신의 이름은

눈물 되어 손수건에 수없이 닦였소.

소비노프[9]가 당신의 시어를

침으로 더럽히며

죽은 자작나무 아래서[10]

노래하는 꼴이란.

"말도 없이,

오, 나의 치-인-구여,

수-우-움-소리도 없이".[11]

에휴,

바로 이 인간,

레오니드 로엔그리니치[12]와는 대화를

---

9   레오니드 소비노프(1872-1934). 소련의 대표적인 오페라 가수로
1926년 1월 18일 모스크바 예술 아카데미 극장에서 열린 예세닌 추모의 밤
행사에서 무대에 섰다.
10   "나의 창문 아래/하얀 자작나무/실로 은을 입은 듯/눈으로 덮여
있네"라는 구절로 시작되는 예세닌의 유명한 시 「자작나무」(1913)를
염두에 둔 표현으로 보인다.
11   예세닌 추모의 밤 행사에서 소비노프가 불렀던 로맨스의 첫 구절이다.

달리 해야 했거늘!

요란한 싸움꾼 되어

　　　당장 일어나 소리쳐야 했거늘:

"시를 웅얼거리고

　　　짓이기는 행태를

　　　　　　용인할 수 없다!"

그 빌어먹을

　　　놈들,

야유의 휘파람으로

　　　　그들의

　　　　　　귀청을 찢어 놓아야 했거늘!

가장 무능한 쓰레기들,

　　　　그들의 재킷이

　　　　　　무수한 돛으로 부풀어

바람 따라

　　　흩어졌으면.

코간이

12　바그너의 오페라 「로엔그린」에서 로엔그린은 소비노프가 맡았던
최고의 배역 중 하나로 간주됐다. '레오니드'는 소비노프의 이름이다.
'로엔그리니치'는 '로엔그린의 아들'이라는 의미의 부칭(父稱)이다.
실제 소비노프의 부칭은 '비탈리예비치'이나 마야콥스키는 그의 부칭을
'로엔그리니치'로 바꿔 말함으로써 인물이 지닌 자질을 강조하고 있다.

마주 오는 그들을

　　　　뾰족한 콧수염 창(槍)으로

사정없이 찔러 대며

　　　　사방팔방

　　　　　　뛰어다녔으면.[13]

쓰레기는

　　　아직은

　　　　　그리 줄지 않았소.

할 일이 많으니

　　　　채비를 해야 하오.

우선

　　삶을

　　　개조해야 하오.

그래야만

　　　찬미할 수 있으니.

작금의 시대에

　　　글을 쓰기란 쉽지 않소.

---

13 표트르 코간(1872-1932). 소비에트 비평가이자 문학사가다.
마야콥스키는 「시를 어떻게 만들 것인가?」에서 이 시행에 대해 다음과
같이 설명한다. "코간은 사방팔방에서 질주할 가능성을 부여받는 집합적
형상이 된다. 콧수염이 창으로 변하고, 콧수염에 찔려 불구가 된 자들이
주위에 나뒹구는 모습으로 절정의 분위기는 배가된다."

그러나
　　　당신들,
　　　　　불구자들이여, 말해 보시오.
언제,
　　어디서,
　　　　어떤 위대한 인물이
남들이 놓은 길,
　　　　쉬운 그 길을
　　　　　　선택했던가?
언어는
　　인간적 힘의
　　　　사령관.
진군하라!
　　　시간이
　　　　우리 배후에서
　　　　　　폭파되도록.
뒤엉킨
　　머리칼만이
바람 타고
　　구시대로
　　　　날아갈 수 있도록.
이 땅엔

즐거움을 위한 설비는
　　　　　태부족.
그러니
　기쁨은
　　미래에게서
　　　　갈취하는 수밖에.
이 생에서
　죽는 것은
　　　어렵지 않소.
삶을 사는 것이
　　더없이 어려울 따름이오.[14]

　　　　　　　　　　　　(1926)

14　예세닌의 유언시 마지막 두 행("이 생에서 죽는 것은 새롭지 않다./
하지만 산다는 것도 물론 더 새로울 것 없다.")에 대한 마야콥스키의 시적
패러디다.

진보의 최전선

잠에 취한,
　　　무기력한 무위도식은
　　　　　　충분하다!
수천 개 손의
　　　거드름은
　　　　　충분하다!
생명을 위협받는
　　　예술 공화국 ―
색채,
　　언어,
　　　소리가 위험하다.
뇌성을
　　손아귀에 틀어쥔
　　　　　언어.
언어가
　　부름받는 건
　　　　　오직
언어가 머슴처럼
　　　사건에
　　　　　굽신거리고,
신문 기사 뒤꽁무니나
　　　　느릿느릿 따라갈 때뿐.

인색한 껍데기들 걱정은
　　　　　　　집어치워라!
그들의 심판일랑 두려워 말고
　　　　　　　앞으로 달려라!
미래의 능선에서
　　　　　이렇게 손짓해라:
"프롤레타리아여,
　　　　　　이리로 오라!"
수백만 북새통 사이로
　　　　　　기어오른
　　　　　　　외톨이들.[1]
우리네 삶에서 보기 힘든
　　　　　　그런
　　　　　　　사람들.
영원불멸을 원하는
　　　　　혁명 러시아 예술가 연합[2]의 붓 아래
사마귀를 그려 넣고
　　　　　그들 모두
　　　　　　기뻐한다.

1　당대 다양한 예술 그룹이나 경향에 속하지 않고 독자적 노선으로
활동한 예술가들을 지칭한다.

역시

　제 몸엔

　　제 셔츠가 제격이라 했던가?[3]

우리네 일에서

　　새로움이란

계급이 만들어 낸

　　거대 구조물 속에서

페트로프와 이바노프가

　　창조한 것은

　　　　중요치 않다는 것.

우리의 기질은

　　각양각색.

전투에서는

　　뇌성,

　　침대에서는

2　1922년 창설된 이후 국가의 지원 속에서 가장 큰 영향력을 발휘했던
소련 예술 단체다. 마야콥스키는 소련의 민중들과 노동자, 적군들의
일상과 삶에 대한 자연주의적 묘사가 주를 이뤘던 이 단체에 비판적
입장을 견지했다. 1932년 '소련 예술가 동맹'으로 흡수 통합됐으며,
1930년대 사회주의 리얼리즘의 토대가 됐다.
3　이기주의를 비꼬는 러시아 속담으로 "가재는 게 편", "팔은 안으로
굽는다"와 유사한 의미다.

속삭임.
하지만 우리의
　　사랑과 전쟁에서 필요한 건
　　　　　행진.
행진에 맞춰
　　애인을 향해
　　　발을 굴러라!
왜
　지금 우리가
　　남의 노래를 부르고,
알프레도와 트라비아타의
　　　　아리아로
　　　　　고백하는가?
우리는
　　우리만의
　　　사랑의 언어를 생각해 내리라.
솜뭉치가 아닌
　　　심장으로 만들어진 언어를.
굶주림의 시절
　　　괴팍한 냉혈한들이
과연
　　주변에서 교향악을 연주했던가?

아니,
　　우리만의 소리,
　　　　　바리케이드 소리를 찾아낸 건
경적처럼 울리는
　　　　우렁찬 나팔의
　　　　　　　오케스트라.
혁명으로
　　옛것은
　　　　마침표를 찍었거늘.
박물관 울타리의
　　　　보호 아래 연명하는 당신들.
하지만 우린
　　　　그런 외톨이 수공업자들에게
　　　　　　　　　맡기지 않으리.
구호도,
　　사이렌도,
　　　　　영사기도.
코뮌을 향한
　　　　우리의 믿음은
　　　　　　　마르지 않으리.
코뮌의 이름으로
　　　　구겨질 만큼 결집하라.

전기(電氣) 공산주의와

　　　　　기계 공산주의로 향하는

　　　　　　　　　　보폭을 재듯

오늘날의

　　　　모든 과업을

　　　　　　　측량하라.

가내 수공업의

　　　　　무위도식은 충분하다!

능숙한 손놀림의 수공예는

　　　　　　　충분하다!

생명을 위협받는

　　　　　뮤즈 연합체 ―

색채,

　　언어,

　　소리가 위험하다.

　　　　　　　　　　　　　(1926)

의제로 상정하라

콤소몰 동지들이여,

　　　　　　미래의 창조자들이여,

그대들에게

　　　　모든 걸 건다!

떠들썩한 일상을

　　　　　　노래하게

　　　　　　　　하라!

우편함을

　　　　청소하라!

십 년간

　　　　투쟁으로 녹초가 된

많은 사람들!

　　　　　그들이

　　　　　　비틀거린다.

일상의 늪이

　　　　진창이

　　　　　　되고

매일 같은 습기로

　　　　　뒤덮였다.

그토록

　　　심장을

　　　　질투로 불사른 우리.

우리의 판단은
                이전처럼 속전속결:
우리는
        번번이
                나강 권총과
                            핀란드 칼로
사랑 싸움을
            해결한다.
아니,
        사랑도
                녹슨다는 것을 깨닫고
둘 간의 성격 차이를
                        알게 될 때
이를 악물고
            악수하며
말하라:
        "동지여, 안녕히!"
상당수는
        꿈꾼다:
                "개인 아파트를 얻는다면!
나만의 수납함과
                골방이 있다면!

내 초상화
          벽에
               걸린
나만의 방 한 칸,
               내 살림살이."
둘만의 행복이
          우리의 행복은 아니다!
계급과
     확실하게 결속하라!
코뮌:
     칫솔만
          빼고
내 모든 건
          너의 것.
그리고
     기쁠 때도
          여전히,
슬플 때도
     여전히
사십 도 보드카로
          슬픔을 달래고
맥주로

기쁨을 만끽하는
　　　　　　　우리.
술을
　　노래로 바꿀 수만 있다면.
갈라지는 소리를 낼지언정
　　　　　　　　　그렇게 하라!
맥주보다 거품 가득한
　　　　　　　와인보다 독한,
영혼을
　　사로잡는
　　　　　그런 노래를 불러라.

산책할 때나,
　　　일할 때나,
　　　　　　애인과 붙어 있을 때나
코뮌에 대해 생각해 보라.
　　　　　　　필요한지 아닌지?!
일상에 대한 문제를
　　　　　　오는
　　　　　　　메이데이의
의제로
　　상정하라.　　　　　　　　　　(1926)

243

인조인간들

친절하지만
　　　코브라보다 흉악한
　　　　　인간들.
조합은
　　그들로 가득.
그런 인조인간들은
　　　　대체
　　　　　누가 만드는 건가?
만취한 구종[1] 같은 자인가?
이 주제에 대해
　　　　구구절절 늘어놓기보다
(화가 날 것도
　　　기쁠 것도 없으니)
관료주의
　　인간을
　　　　객관적으로
나 묘사하리라.
벗어진 머리부터
　　　발끝까지 ─

1　율리 구종(1852-1918). 프랑스 출신의 러시아 사업가로 1884년
모스크바에 제철 공장을 세웠다.

완전한 인간의 몸.
하지만 그 속에 내장된 건
　　　　　　　　　인간의 말이 아닌
　　　　　　　　　　　몇 개의 표현만을
만드는 장치뿐.
지옥처럼 요동치는
　　　　　　　　업무상 불화.
소란과 비명.
　　　　　　그런데 부엉이 같은 그 인간이
던지는 두 마디 말:
　　　　　　　　"의견
　　　　　　　　　일치!"
태만이 기관들을 에워싸고,
장광설이 업무를 대신한다.
그런데 모든 청원서에 대한
　　　　　　　　　그 인간의
　　　　　　　　　　한결같은 답변:
"자,
　서류 정렬."
질척이는 관료 병리를
　　　　　　　벗어나려면
영웅적 행동과

능력이 필요한 법.

그런데 그 인간 어쩔 줄 몰라

　　　　　　　　　　어깨를 으쓱이며 하는 말:

"일이 어긋나 버렸군!"

협잡꾼과 사기꾼들,

　　　　　　　　트러스트 관리에서

노골적인 도적질로

　　　　　　　슬금슬금 기어가건만,

그 인간

　　　　평화롭게 헤엄치는 물고기처럼

　　　　　　　　　　　　　　한다는 말:

"잘돼 가는군!"

모든 게 와해되고

　　　　　　　조직은 산산조각.

그런데 그 인간

　　　　　　담배 물고 하품하며

당당하게

　　　목청껏

　　　　　　웅얼대는 말:

"잘해 봅시다"

즉시

　　적군을

　　　　　식별해
조준을
　　　　독려해야 하건만,
그 인간
　　　　만사에
　　　　　　거만하게 반복하는 말:
"다 그런 거야."

벽보마다
　　　　이렇게 쓰여 있는 마당에
주먹을 휘두를 필요는 없을 듯:
"이들을 박멸하자.
　　　　　　최소한
　　　　　　　직장에서만이라도."

종이 혐오
(블라디미르 마야콥스키가 느낀 점)

만일 내가
    지구의 고삐를
        손에
           쥐고 있다면,
나는
    지구를 잠시 멈춰 세우리.
             귀 기울여 보라!
지구가 뿌드득 이를
        갈듯
기계적으로 단순하게
        삐걱거리는 펜 소리가
들리는가?
인간의 오만함이여,
        마음을 다스리고 진정하라!
폴란드인들 말고
      그런 사람들이 또 있는가!
거대하고
    고귀한
      종이의 들판 위에서
점점
  얼룩져 가는
      인간들.

비좁은 방에
　　　몸을 맡긴
　　　　　인간 그림자들.
인간에겐
　　　단 한 평.
　　　　　그런데 종이는?
　　　　　　　　팔자 좋군!
종이가 사는 곳은
　　　　궁궐 같은 관공서.
책상에 벌러덩 드러눕고,
　　　　　　서류함 속에서 낮잠을 즐긴다.
인간은 덧신도
　　　　장갑도 없이
옷감을 사려
　　　　상점에
　　　　　줄을 늘어선다.
그런데 종이는?
　　　　　겹겹이 쌓인 바구니에,
'문건' 몸뚱이를 위한
　　　　　　　수많은 서류철까지.
당신은
　　　여행할

돈이나 있는가?
마드리드는 가 보았는가?
그럴 리가!
그런데
이 종이들을
배 태우고
기차 태우려
새 우체국을
또
짓는다니!
예전엔 강했던
두 다리가
종이 클립이 돼 버렸고,
온갖 명령서가
이성의 힘을
대체했다.
서서히
인간들은
종이 주인에게
봉사하는
급사로
전락해 간다.

거대한 종이들은
　　　　서류 가방으로
　　　　　　　비집고 들어가며
하얀 이빨을
　　　드러낸다.
머지않아
　　　인간들은
　　　　　주거를 위해
　　　　　　　서류 가방으로 기어들고,
종이가
　　우리의 집을
　　　　차지할 것이다.
내가
　　미래에서 보는 것,
　　　　　그건 공상이 아니다:
종이의 메가폰이
　　　　이에 대해 우리에게 큰 소리로 외친다.
종이가
　　식탁에 앉아
　　　　차를
　　　　　마시고,
인간은

식탁 밑에서
　　　　구겨진 채 뒹굴 거라고.
그러고는 폭동을 일으키고,
　　　　　　불타는 깃발을 펼치고,
이빨로 종이를 찢고,
　　　　　　포탄 소리로 울어 댈지 모를 일……
프롤레타리아여,
　　　　일 인치
　　　　　　불필요한 종이라도
적을 대하듯
　　　　가차 없이 혐오하라.

　　　　　　　　　　　　　　(1927)

최고의 시

가시 돋친 질문을
　　　　쏟아 내는
　　　　　　청중들.
쪽지까지 보내며
　　　　나를 당황케 한다.
"마야콥스키 동지,
　　　　당신의 시 중에서
　　　　　　　최고의
시를
　　읽어 주세요."
어떤
　시에
　　그런 영예를 준담?
책상에 기대어
　　　　나는 생각한다.
이건
　어떨까,
아니면
　저건?
내가 썼던
　　낡은 시들을
　　　　탈탈 털어 보고

청중들이
         쥐 죽은 듯
                기다릴 때
《북부 노동자》
         신문의
                사무장이
슬그머니
      내게
         귀띔한다……
이내 나는
      시의 음조를 버리고
                외친다.
예리코의 나팔보다
         큰 소리로.

"동지들!
      광저우
            노동자와 병사들에 의해
상하이가
      함락됐소!"[1]
손에
   양철판을

                  긴 듯
점점 커지는
                  박수의 위력.
오 분,
     십 분,
            십오 분,
야로슬라블²이 박수갈채를 쏟아냈다.
마치
     폭풍이
            온 땅을 뒤덮고
체임벌린의
        서한에
                답하며
중국으로 밀려가듯이.³
                    전함들은
상하이에서
        강철 낯짝을
                돌릴 수밖에.

———————————

1   제1차 국공 합작 시기인 1927년 3월 중국 상하이에서 발생한
노동자들의 무장봉기를 의미한다.
2   모스크바에서 북동쪽으로 250킬로 떨어진 곳에 위치한 역사와 종교의
도시로 소비에트 설립 이후 공업이 발달했다.

야로슬라블이
       그토록
              박수를
                     보내는 한
온갖
    시의
         진창도,
그 어떤
       최고의 시적 영예도
신문 지상의
         단순한 사실에
                     견줄 수 없으리.
오, 노동자의 벌집을
              단단히 다지는
                         연대감,
     그보다

---

3   1927년 2월 23일 자 당시 영국의 외교 장관 오스틴 체임벌린(1863－
1937)의 외교 서한에는 소련이 '반영국 선전'과 중국의 국민당 정부에
대한 군사적 지원을 중단할 것을 요구하는 내용이 포함되어 있다. 1927년
2월 27일 러시아의 《프라브다》에 '영국의 외교 문서에 대한 우리의
응답'이라는 제목의 논설이 발표되고, 3월 2일에는 '안녕, 광저우! 이것이
바로 체임벌린에 대한 우리의 답변이다!'라는 제목의 기사가 실렸다.

강력한 힘의 끌림이

       또 있을까?!

야로슬라블 사람이여, 박수를 보내 다오,

             제유공이여, 방직공이여.

누군지 모를

     우리의 친족

        중국의 노동자들에게!

                    (1927)

레나[1]

일어나시오, 동지들,

　　　　들고일어나시길.

눈물을

　　　참으시오.

십오 년

　　전

　　　쓰러져 간 사람들,[2]

　　　　　　오늘은

그들의 기일.

죄수만도 못한 처지,

　　　　　포로보다 비참하게,

늑대보다 매섭고

　　　　잔혹한

　　　　　　혹한 속에서

소중한 레나의

　　　광맥에

1　이르쿠츠크에서 발원하여 야쿠츠크를 거쳐 북극해(랍테프해)까지 동시베리아의 남북을 가로지르는 러시아 최대 규모의 강이다.
2　1912년 4월 4일 레나 금광 회사 파업 노동자 대학살을 가리킨다. 2000여 명의 시위대를 향한 러시아 정규군의 발포로 400명 이상의 사상자가 발생했다. 이 시는 레나 대학살 15주년을 기념하여 1927년 4월 17일 러시아 일간지 《노동》에 실렸다.

　　　　　　　살았던
수천의
　　　　노동자들.
마차와 왕관에 쓸
　　　　　　　　금을 캐며
헐벗고 굶주려
　　　　　　야위어 간
　　　　　　　　노동자들.
페테르부르크에서는
　　　　　　　　　귀족들이 모여 앉아
회사를 찬양하며
　　　　　　지분을
　　　　　　　　챙기고 있거늘.
썩은 말고기로 보냈던
　　　　　　　　　오랜 세월 동안
응축된
　　　　단순한
　　　　생각:
"우리가 겪어 온 굶주림,
　　　　　　　　이제 더는
참을 수 없다.
　　　　파업이다."

수많은
　　　광부들,
그들이
　　　원했던 것은
　　　　　　　무엇인가?
양배추,
　　　좀 더 나은 고기,
그리고 여덟 시간의
　　　　　　　노동.
세 달여를
　　　질질 끌며
설득에
　　　열을 올린
관리인,
　　　현지사(縣知事)에게
군부대
　　　지원을
　　　　　요청했다.
군홧발 소리,
　　　　얼음이 갈라지는 소리……
그건
　　　눈의 적막을 뚫고

현지사 반티시가
　　　　　　보낸
트레셴코 헌병대와
　　　　　　　병사들.
그다음은?
　　　　　이내
　　　　　노동자들의 행렬이 이어졌다.
파업으로 체포된 이들의
　　　　　　　　석방을 요구하는 행렬이.
그리고 날카롭게 울리는
　　　　　　　헌병 대위 트레셴코의 목소리.
"사격 개시!"
치켜올린
　　　　그의 장갑 낀 손가락.
그
　손가락 너머에서
　　　　　뿜어져 나오는 총소리.
첫 번째,
　　　　그리고 두 번째 일제 사격.
그러고는 다시금
　　　　　헌병의
　　　　　　손이

노동자의 이마,
　　　　과녁을
　　　　　　겨눈다.

이른 아침
　　　　살진
　　　　　　헌병은
커피를 마시며
　　　　이렇게 쓴다:
"부상 250,
　　　　사망 270."

친위대 발포에 관한
　　　　　　　소문은
공장 노동자들 사이에서
　　　　　　　퍼져
　　　　　　　　나갔다.
소문은
　　　　사건으로
　　　　　　커지는 법.
수백의
　　　공장이

일어선다.
왕관 쓴 머저리와
　　　　　레나 금광 회사의
주주들은
　　　벌벌 떤다.
비애가
　　절규 되어
　　　　공장을
　　　　　　떠돌았다:
"복종의
　　산을
　　　짊어지길
　　　　멈추라!"
변혁의 시작을 알렸던
　　　　　절망의
　　　　　　　그날.
복종에서
　　투쟁으로의 변혁이다.

날이 가고
　　해가 가도
　　　　가슴속

레나에 대한 기억
　　　　　결코 지워지지 않으리.

그대
　　승리의
　　　　발걸음을
　　　　　　거리의 판돌
깊은 곳에
　　　　박아 넣을 때,
기억하라.
　　　　머리 위
　　　　　　깃발이
레나의 피로
　　　　물들었던 것을.

(1927)

264

취향 차이에 관한 시

말[馬]이
　　　낙타를 보고
　　　　　　말하길:
"정말
　　어마어마한
　　　　잡종 말인걸."
그러자 낙타도
　　　큰 소리:
　　　　　　"네가 정말 말이야?!
넌
　그저
　　발육 부진 낙타잖아."
이들이
　　종이 다른
　　　　동물이라는 건
흰 수염 난 신만이
　　　아는 사실.

(1928)

타티야나 야코블레바[1]에게 쓰는 편지

손이든

　　　입술이든 키스할 땐

내 가까운 이들의

　　　　육체의 떨림 속에

내 공화국들의

　　　　붉은

　　　　　　색

역시

　　활활

　　　타올라야 하오.

나는 파리의 사랑을

　　　　　싫어하오.

그 어떤 음탕한 여인을

　　　　　　비단으로 장식한들

나는 기지개를 켜며 졸 것이오.

　　　　　　　　사나운 열정 지닌

　　　　　　　　　　개들에게

얌전히 있으라

---

1 타티야나 야코블레바(1906-1991). 러시아 출신의 프랑스 이민자로,
마야콥스키는 1928년 가을 파리 여행 중에 그녀를 처음 만나 사랑에
빠졌다.

말하고서.
나와 키가 같은 이는
                그대뿐.
눈썹을 맞대고
            나란히 서서
이
  중요한 밤에 대해
                인간답게
말하도록
      허락해 주오.
5시,
    그 후로
인간들의
        울창한 숲이
잠잠해지고
인파로 가득한 도시는
                황량해졌소.
들리는 거라곤
            바르셀로나행 기차의
경쟁적인 기적 소리.
검은 하늘
        번개의 움직임,

하늘이라는 무대 위
　　　　　천둥의 욕설,
하나 그건
　　　　뇌우가 아닌
　　　　　　　　태산을 움직이는
질투라오.
뻔히 드러나는 멍청한 말을
　　　　　　　　　믿지 마오.
그 흔들림에
　　　　놀라지 마오.
내가 귀족의 잔가지
　　　　　　　감정에
재갈을 물려
　　　　제압할 테니.
격정의 홍역은
　　　　　　흉터를 남기지만,
기쁨은
　　　무한한 것,
나 오래도록
　　　　단순하게
시로 말할 거요.
질투,

여인,

　　　눈물……

　　　　　그딴 건 됐소!

그래 봤자 비이[2]의 눈처럼

　　　　　　통통 부을 테니.

내

　질투는

　　　나 자신이 아닌

소비에트 러시아를

　　　　　대변하는 것.

사람들의 어깨에 덧댄 헝겊들을

　　　　　　나는 보아 왔소.

폐병이

　　한숨 쉬며

　　　　그들을 핥고 있소.

어쩌겠소,

　　　우리 잘못은 아니지만,

일억 명의 사람들은

2　슬라브 신화와 전설에 등장하는 지하 세계의 정령이다. 전설에 따르면
그 눈은 거대한 속눈썹과 눈꺼풀로 덮여 있어 혼자서는 아무것도 볼 수
없으나, 눈을 뜨면 그 시선으로 사람들을 죽음으로 이끈다. 니콜라이
고골의 단편(「비이」)으로 유명하다.

불행을 겪었소.
우린
　　이제
　　　　그들에게 상냥하다오.
운동만으로
　　　　　모두가 몸을 곧추 펼 수 없으니,
그대는 우리
　　　　　모스크바에게도 필요한 존재,
그곳엔 다리 긴 사람이
　　　　　　　부족하다오.
그 다리로
　　　설원을 걷고
　　　　　　티푸스를
겪은
　　그대에게
이곳 석유업자들의
　　　　　연회에서
　　　　　　　그 다리
애무에 내맡기는 건
　　　　　　　가당치 않소.
곧은 아크등 아래
　　　　눈을 찡그린 채

고민할 필요도 없소.
이리 와 주오.

　　　　내 품으로.
크고

　　투박한 내 두 팔의 십자로로 와 주오.
싫소?

　　그렇다면 여기 남아 겨울을 나든지.
이

　모욕은

　　　우리의 계산서에 달아 놓겠소.
어쨌든

　　언젠가는

　　　　그대를

　　　　　데려가겠소.
그대 하나만이 안 된다면

　　　　데리와 함께라도.

(1928)

레닌 동지와의 대화

할 일은 산더미,
　　　　　어수선한 사건들.
어둠이 깔리며
　　　　하루가 갔다.
방 안에는 단둘뿐.
　　　　　나
　　　　　그리고 하얀 벽에 걸린
사진 속
　　　레닌.
열변을 토하느라
　　　　벌어진 입,
한 올 한 올
　　　　위로 솟은
　　　　　　콧수염,
이맛살 사이사이
　　　　감춰진
　　　　　　인간적인 상념,
원대한 사상에 어울리는
　　　　　　넓은 이마.
그의 밑에
　　　운집한 군중은
　　　　　필시 수천 명……

272

깃발이 숲이 되고,

               치켜든 손이 모여 풀밭을 이룬다.

기쁨의 빛 받으며

          나는 자리에서 일어났다.

다가가

     인사하고

         알리고 싶은

               생각이 든다!

"레닌 동지,

     업무 아닌,

마음으로

     당신께 알립니다.

레닌 동지,

      지옥의 과업은

완수될

    것이며,

      이미 진행 중입니다.

우린 불 밝히며

         가난하고 헐벗은 이들을 입히고,

석탄과 광물

       채굴량도 증가 추세에 있으나……

주변엔

응당
　　　많고
많은
　　갖은
　　　　쓰레기와 시정잡배들,
피하기도 상종하기도
　　　　　　피곤할 지경입니다.
당신이 없으니
　　　　많은 것이
　　　　　　말썽입니다.
정말
　　많은
　　　갖은 파렴치한들이
이 땅을,
　　우리 주변을
　　　　　배회하고 있습니다.
셀 수도
　　나열할 수도
　　　　　없는
　　　　　　　그들.
온갖 부류가
　　　하나의 띠로

이어집니다.
부농과
        관료주의자,
아첨꾼,
        파벌주의자,
                그리고 주정꾼들,
그들은 가슴을 내밀고
                당당하게
                        활보합니다.
모두가 만년필과
                휘장을 두른 채로……
물론
        우리는
                그들의 무릎을 꿇릴 테지만,
모두를
        굴복시키는 건
                지독히도 힘든 일입니다.
레닌 동지,
        연기 자욱한 공장마다
늦가을
        눈으로
                뒤덮인

대지마다,
동지여,
            당신의
                심장과
                    당신의 이름으로
우리는 생각하고
            호흡하고
                투쟁하고
                    살아가고 있습니다!……"

할 일은 산더미,
            어수선한 사건들.
어둠이 깔리며
            하루가 갔다.
방 안에는 단둘뿐.
                나
                그리고 하얀 벽에 걸린
사진 속
        레닌.

(1929)

나는 행복하오!

여러분,
        내게는
                큰 기쁨이 하나 있소.
동정 어린 얼굴 거두고
                    미소 지어 주시오.
내
  꼭
    공유해야겠소.
시를
    써서라도
            공유해야겠소.
오늘
    나는
            코끼리처럼 편하게 호흡하고
  발걸음도
        한층
                가볍소.
그리고 밤은
            황홀한 꿈처럼
                        금세 지나가 버렸소.
단 한 번의 기침도
                가래도 없이.

하루 치 만족도는
　　　　　무한대로
　　　　　　늘었소.
가을날엔
　　　목욕탕 악취가 풍기기 마련이거늘,
실례지만,
　　　　내게
　　　　　　장미꽃이
　　　　　　　　피어나고,
보다시피,
　　　　그 향을
　　　　　　음미하고 있소.
내가 가진
　　　　시상(詩想)과
　　　　　　압운은
　　　　　　　　더욱 아름다워졌소.
편집인의
　　　　눈이
　　　　　　휘둥그레질 정도요.
말〔馬〕처럼,
　　　　심지어
　　　　　　트랙터처럼

인내하며
　　　능숙하게 일하게 됐소.
주머니 사정과
　　　　위장 상태는
　　　　　　전적으로 양호하고,
이제 단련되어
　　　　안정을 찾았소.
기본 소비
　　　백 퍼센트
　　　　　절감.
건강해졌고
　　　　몸무게도 늘었소.
마치
　　솜털처럼 가벼운 케이크
　　　　　　　　조각을
연이어
　　　혀에 올리듯
입안
　　구석구석
　　　　　그윽한 향기,
신묘한
　　　맛이

깃들었소.
겉보기엔
　　　항상 깔끔했던
　　　　　머리,
이젠
　　속도 깨끗해졌소.
톨스토이의
　　　　콧구멍을 후벼서라도
하루에
　　쓰는 글은
　　　　적어도 한 페이지.
알록달록 원피스 입은
　　　　　여인들이
　　　　　　에워싸고
모두들
　　내 이름과 부칭을
　　　　묻고 있소.
나는
　　분명
　　　쾌활한 익살꾼.
그야말로
　　사회의 영혼.

나는
　　얼굴에 살이 오르고
　　　　　　　　핏기가 돌아
감기와
　　　침대를
　　　　　잊었소.
여러분,
　　　처방전이
　　　　　　궁금하시오?
공개할까요?
　　　　　아니면……
　　　　　　　　　말까요?
여러분,
　　　당신들은
　　　　　　내 답을 기다리는 데 지쳐
날 꾸짖고 욕할
　　　　　태세로군.
흥분하지 마오.
　　　　내 말할 테니:
　　　　　　　　여러분,
　　　　　　　　　　　나는
오늘

담배를 끊었다오.

(1929)

목청을 다하여
— 서사시에 대한 첫 번째 서문

친애하는
       후손 동지들!
오늘날
       화석이 돼 버린 인분을
                   뒤적이다가……
암흑의 우리 시대를 공부하다가
어쩌면
       당신들은
              나에 대해서도 물을지도 모른다.
그러면 당신네 학자는
              박학다식으로
질문 세례를 무마하며
              말할 테지.
생수를 미친 듯 싫어했던,[1]
                   펄펄 끓은 물 같은
그런 시인이 살았노라고.
교수 양반,
       자전거 같은 안경을 벗어 버리시오!

---

1 마야콥스키는 1921년 로스타에서 전염병 예방을 위해 물을 끓여 마셔야 한다는 내용의 포스터(〈콜레라로 죽지 않으려면 어찌해야 하는가?〉)를 제작한 바 있다.

나 스스로 말해 주지.

　　　　시대에 대해,

　　　　　　　그리고 나 자신에 대해.

난 혁명으로

　　　소환되고 동원된

청소부요,

　　　물지게꾼.

변덕스러운 여인 같은

　　　　시가 자라나는

귀족 과수원을 떠나

　　　　나는 전선(戰線)으로 갔다.

따님,

　별장,

　　연못,

　　　초원[2] ─

나 스스로 작은 정원 가꿨으니

손수 물을 뿌려 줄 테야.[3]

반곱슬머리 미트레이킨,

2　당시 회화에 자주 그려진 대상들을 음성적 유사성에 따라 짝을 이뤄
나열함으로써 전통적 시 형식과 귀족적인 예술에 대한 비판적 시각을
드러낸다.

3　당시 유행했던 속요의 한 구절이다.

헛똑똑이 쿠드레이코처럼[4]
누구는 물뿌리개로 시를 붓고,
누구는 입에 머금은
                시를 뿜는다.
대체 누가 그들을 이해할 수 있는가!
진창에선 방역도 무의미 —
벽에서 들려오는 그들의 만돌린 소리.
"타라-티나, 타라-티나,
텐-에-엔······"[5]
폐병 환자가 침을 뱉고
                불량배와 놀아나는 창녀와
매독이 만연한
공원.
이런 장미꽃밭
                나의 동상이 우뚝 선들
영광스러울 일은 없다.
나 역시

───────────

4   콘스탄틴 미트레이킨(1905-1934), 아나톨리 쿠드레이코(1907-1984).
구축주의 경향의 시인들로서 이들이 속했던 '구축주의 문학 중심'은
1920년대 마야콥스키가 줄곧 비판적 입장을 견지했던 문학 집단이다.
5   '구축주의 문학 중심'의 대표적인 시인 일리야 셀빈스키(1899-1968)의
시 「집시의 기타 왈츠」의 한 구절이다.

선전 선동 시는
　　　　　신물 날 지경.
나 역시
　　　당신들에게 로맨스를
　　　　　　　지어 줄 수 있었건만.
그것이 돈벌이도 되고
　　　　　매력적인 일이니.
하지만 나는
　　　　스스로를
　　　　　　누르고
　　　　　　　　내 노래가 흘러나오는
목구멍에
　　　　올라섰다.
들어라,
　　　후손 동지들이여,
선동가이자
　　　　주모자의 고함을.
흘러나오는 시를
　　　　　　억누르며
산 자가
　　　산 자들과 말하듯
서정시 책 더미를 지나

나는 걸어가리.
먼 미래 공산주의 세상 속,
                    그대들에게 다다르리.
단 예세닌의 노래 같은 서정시의
                    메시아는 되지 않으리.
나의 시는
        시대의 산맥을 넘고
시인들과 정치인들의
                    머리통을 지나 다다를 것이다.
나의 시는
        사랑과 서정적 욕망의
화살처럼
        그렇게 오지는 않으리.
화폐 수집가의 수중에 들어오는
                    닳아빠진 동전처럼,
소멸한 별들의 희미한 빛처럼 그렇게 오지는 않으리.
나의 시는
        힘겹게
            거대한 시간 더미를 뚫고
묵직하고
        거칠고
            생생하게

도래하리.
로마의 노예들이
                매설한
수도관이
        우리 시대에도 유효하듯이.
시가 묻힌
            책들의 묘지에서
시의 쵯조각을 우연히 발굴하며
낡았지만
            준엄한 무기인 양
당신들은
        존경스럽게
                    그것들을 어루만지리.
나는
    말로
        귀를
            애무하는 일에 익숙하지 않다.
거친 욕설로
        곱슬머리에 감춰진
여인의 귀를
        붉힐 수는 없는 법.
나는 내 부대, 내 책 한 장 한 장을

　　　　　　　　　　열병하듯 펼치며
시의 대열을 따라
　　　　　　걷는다.
죽음과
　　　　불멸의 영광 맞을 채비 하고
묵직한 총알 되어
　　　　　　장전된 나의 단시(短詩)들.
입을 벌리고 조준을 마친
　　　　　　　　　시 제목의 포구(砲口)를
촘촘히 배치한 채
　　　　　　　부동자세로 서 있는 나의 장시(長詩)들.
내가
　　　가장 사랑하는
　　　　　　　　병과(兵科),
첨예 기병대는
　　　　　　압운의 날 선 창을
치켜들고
　　　　　　함성을 지르며 내달릴
태세로
　　　　멈춰 서 있다.
이십 년간 승리로
　　　　　　비상했던

발끝까지 무장한
                전 부대여,
마지막
        한 장까지
나 그대에게 바치리라,
                        이 땅의 프롤레타리아여.
거대한
        노동 계급의 적,
그건 또한 나의
                오랜 철천지원수.
노동의 세월과
                굶주림의 나날은
붉은 깃발 아래
                나아가라
                        우리에게 명했다.
제집
    덧창을
            열듯
우리는
        마르크스의 모든 저술을
                        펼쳐 보았다.
그러나 누구 편에 서고

누구 편에서 싸울지
우리를 일깨운 건
독서가 아니다.
우리는
헤겔로
변증법을 배운 게 아니다.
그것은 전쟁의 쇳소리로
시에 파고들었다.
한때
우리가
부르주아를 피해 도망쳤듯
우리의 총알을 피해
그들이 달아났던
바로 그때.
영광이
장례 행렬 속
상심한 과부처럼
천재들의 뒤를
흐느적대며 따르게 하라.
돌격 속에 죽어 간
우리의 무명용사들처럼
전사하라, 나의 시여,

일개 병사로 전사하라!
나는 육중한 청동에
                침을 뱉으리.
미끈한 대리석에
            침을 뱉으리.
영광을 함께 나누자.
                        실로 우리는 모두 한 몸,
투쟁으로
        건설된
                사회주의가
우리
    모두의 기념비가 되게 하라.
후손들이여,
            사전의 부유물을 확인해 보라.
'매춘',
    '결핵',
            '봉쇄'.
레테의 강에서
            흘러나오는
                    찌꺼기 단어들.
튼튼하고
        민첩한

당신들 위해
포스터의 거친 혀로
이 시인은
　　폐병쟁이의 가래침을
　　　　　　핥았다.
세월의 꼬리 달린
　　　　내가 닮아 가는 건
화석으로 발굴된
　　　　긴 꼬리 공룡.
나의 동지, 삶이여,
　　　　더 빨리
　　　　　　발을 구르자.
남은 시간,
　　　오 개년 계획 따라
　　　　　　발을 구르자.
나는
　시로
　　돈 한 푼 모으지 못했고,
변변한 가구 하나
　　　　장만하지 못했다.
솔직히 말해
　　　방금 마른

셔츠 한 벌 말고는
        아무것도 필요치 않다.
나는 다가올
    밝은 미래
        중앙통제위원회에
            출석해
시의
  탐욕가와 사기꾼
      패거리 위로
볼셰비키 당원증인 양
      들어 보이리라.
당의 열정 서린
    내 백 권
      시집 전부를.

                    (1930)

미완성의 시

***

이미 1시가 넘은 시간 그대는 이미 잠자리에 들었겠소
한밤 은빛 오카강과 닮은 은하수
나는 서두르지 않소 지금 전보로
그대의 잠을 깨우고 괴롭힐 이유가 어디 있겠소
흔히 말하듯 사건은 종결됐소
사랑의 쪽배는 일상에 부딪혀 산산조각이 나 버렸소
우리가 주고받은
불행과 모욕의 고통을 따진들 무슨 소용 있겠소
그대 세상 가득한 적막을 보오
별들의 공물로 하늘을 덮어 버린 이 밤
바로 이 시간 사람들은 일어나
시대와 역사와 우주에게 말을 건다오.

***

나는 말(言)의 위력을 말이 울리는 경종을 안다
극장 특별석이 박수갈채로 화답하는 그런 말이 아닌
관(棺)이 불쑥 튀어나와
참나무 네 다리로 걷게 하는 그런 말
간혹 인쇄도 출판도 되지 않고 버려지지만

말은 허리띠를 졸라매고 질주해
수 세기를 쟁쟁하게 울리고 시의
굳은살 박인 손을 핥으려 열차처럼 기어든다
말의 위력을 나는 안다
댄서의 굽에 밟힌 꽃잎처럼 하찮아 보일지라도
인간은 영혼으로 입술로 뼈로 이루어진 존재.

(1928-1930)

시 낭송회 당시 마야콥스키(오른쪽)와 부를류크(가운데)(1914년, 모스크바)

나탈리야 곤차로바, 「고양이들」(1913년)

나탈리야 곤차로바, 「광선주의자의 백합」(1913년)

블라디미르 타틀린, 「뱃사람(자화상)」(1911년)

알렉산드르 로드첸코

마야콥스키와 로드첸코가 함께 작업한
국영 기업 광고 포스터(1923)

마야콥스키가 작업한 로스타 포스터(1919~1921)

카지미르 말레비치, 「러시아인」(1915년)

카지미르 말레비치, 「자화상」(1911년)

바실리 칸딘스키, 「구성 8」(1923년)

바실리 칸딘스키, 「콘서트(인상 3)」(1911년)

『대중의 취향에 따귀를』 출판 시기 미래주의자들. 벨리미르 흘레브니코프(앞 왼쪽),
다비드 부를류크(뒤 가운데), 블라디미르 마야콥스키(뒤 오른쪽)(1912년, 모스크바)

마야콥스키에 대한 모스크바 보안국 기록부(1908년, 모스크바)

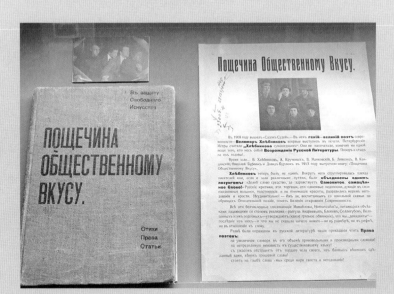

『대중의 취향에 따귀를』 표지와 선언문 전단지(1912, 모스크바)

마야콥스키 '창작 20주년' 기념 전시회(1930, 모스크바)

1893년	7월 19일 조지아의 쿠타이시 인근 바그다디에서 삼림관의 아들로 태어난다.
1900년	김나지움 입학을 위해 어머니와 함께 쿠타이시로 이주한다.
1905년	혁명 시위와 학생 투쟁에 참여한다.
1906년	2월 19일 아버지가 사망한다. 가족과 함께 모스크바로 이주하여 모스크바 김나지움 4학년으로 편입한다.
1908년	러시아 사회민주노동당(볼셰비키)에 가입하여 사회주의 선전 활동을 시작한다. 3월 경찰에 체포되고, 열흘 만에 경찰의 특별 감시하에 석방된다.
1909년	두 번째 체포되어 한 달 만에 석방된다. 6개월 뒤 또다시 체포되어 부티르카 형무소 독방에 감금된다. 수감 기간 중 바이런과 셰익스피어, 톨스토이를 탐독하며 시를 짓기 시작한다.
1910년	1월 미성년자라는 이유로 석방된다.
1911년	모스크바 회화·조각·건축학교 예비학부에 입학한다. 화가이자 시인인 다비드 부를류크를 만나고, 벨리미르 흘레브니코프, 알렉세이 크루초니흐 등 미래주의자들과의 교분을 시작한다. 미래주의 그룹 '길레야'의 일원이 된다.
1912년	「밤」과 「아침」이 수록된 미래주의 공동선집 『대중의 취향에 따귀를』이 출판된다.
1913년	첫 개인 시집 『나!』가 출판된다. 첫 번째 희곡 「블라디미르 마야콥스키. 비극」이 상트페테르부르크 소재 루나파르크 극장에서 상연된다. 다비드 부를류크, 바실리 카멘스키, 벨리미르 흘레브니코프 등과 함께 지방 도시를 순회하며 미래주의 강연 및 낭송회를 시작한다.
1914년	미래주의 활동을 이유로 다비드 부를류크와 함께

모스크바 회화·조각·건축학교에서 퇴학당한다.

1915년 쿠오칼라(현 레피노)에서 막심 고리키, 일리야 레핀과
만난다. 막심 고리키에게 「바지 입은 구름」을 낭송한다.
릴랴 브리크와 오시프 브리크 부부를 만나고, 그들의
도움으로 「바지 입은 구름」을 출판한다. 「척추 플루트」를
집필한다.

1916년 「인간」과 「전쟁과 세계」를 집필한다.

1917년 「우리의 행진」을 집필하고 이듬해 창간된 《미래주의자들의
신문》에 게재한다.

1918년 영화 「미녀와 건달」와 「돈 때문에 태어나지 않은 자」의
시나리오를 쓰고, 영화의 주인공으로 출연한다. 혁명 1주년
기념공연을 위한 혁명극 「미스테리야-부프」를 완성한다.
미래주의 성향의 기관지 《코뮌의 예술》 창간호 1면에 「예술
군령」을 게재한다.

1919년 러시아 통신사 '로스타'에서 포스터 작업을 시작한다.

1920년 서사시 「1억 5천만」을 집필한다.

1922년 「나는 사랑한다」를 집필한다. 베를린과 파리를 여행하며
새로운 혁명 예술을 선전한다.

1923년 '레프(좌익예술전선)'를 창설하고 동명의 기관지 《레프》를
창간한다. 《레프》 1호에 「이것에 관하여」를 '계단시'로
발표한다. 알렉산드르 로드첸코, 바르바르 스테파노바 등
구축주의 예술가들과의 공동작업을 통해 국영기업 광고
포스터를 제작한다.

1925년 《레프》 최종호(6호)에 「블라디미르 일리치 레닌」 제1부를
발표한다. 베를린, 파리, 멕시코, 미국을 여행한다. 여행기
『나의 미국 발견』 집필을 시작한다. 미국에서 엘리 존스를
만난다.

1926년 지방 도시를 순회하며 시 낭송회와 강연을 한다. 「세르게이
예세닌」을 완성하고, 국영출판사에서 『나의 미국 발견』을

출판한다.

1927년   《신레프》를 창간하고 편집장으로 활동한다. 폴란드,
        체코슬로바키아, 독일, 프랑스를 여행한다. 「좋아!」를
        출판한다. 모스크바에서 개최된 코민테른 제6차 대회에
        참가한다. 1928년까지 우크라이나와 캅카스를 여행하고,
        카잔, 스베르들롭스크, 페름, 뱌트카(현 키로프) 등 지방
        도시에서 시 낭송회를 연다.

1928년   파리 여행 중 타티야나 야코블레바를 만난다.

1929년   레프가 해체되자 '혁명예술전선'을 결성한다. 메이에르홀트
        극장에서 풍자극 「빈대」를 초연한다. 프라하, 베를린,
        파리, 니스, 몬테카를로를 여행한다. 오시프 브리크의
        소개로 베로니카 폴론스카야를 만난다. 풍자극 「목욕탕」을
        완성한다.

1930년   1월 스탈린이 참석한 블라디미르 레닌 추모행사에서
        「블라디미르 일리치 레닌」을 낭송한다. 작가 클럽에서
        열린 '창작 20주년' 기념 전시회에서 「목청을 다하여」를
        낭송한다. '라프(러시아 프롤레타리아 작가 연합)'에
        가입한다. 메이에르홀트 극장에서 풍자극 「목욕탕」을
        초연한다. 4월 14일 10시 15분 자신의 서재에서 권총
        자살로 37년의 짧은 생을 마감한다.

1935년   사후 5년 만에 스탈린에 의해 "소비에트 시기 가장
        훌륭하고 가장 재능 있는 시인"으로 인정받고 복권된다.

1937년   릴랴 브리크의 주도로 마야콥스키 집 박물관이 문을 연다.

1958년   마야콥스키 광장(현 승리 광장)에 마야콥스키 동상이
        건립된다.

1955-1961년 열세 권으로 된 『마야콥스키 전집』이 출간된다.

1978년   열두 권으로 된 『마야콥스키 전집』이 출간된다.

2013-2016년 스무 권으로 된 『마야콥스키 전집』이 출간된다.

마야콥스키의 장례식에 모인 인파(1930년 4월 17일, 모스크바)

작품에 대하여

나는 시인이다, 그것만으로 흥미롭다

조규연(옮긴이)

"마야콥스키는 혁명의 시인과 혁명적인 시인이라는 각기
다른 두 개성의 조화로운 최대치다." 동시대 여성 시인 마리나
츠베타예바(M. Tsvetaeva)의 이러한 지적처럼 '혁명'을 빼고는
시인 마야콥스키를 말할 수 없다. 마야콥스키는 혁명의 격변기를
치열하게 살아냈으며, 대다수 그의 작품이 10월 혁명이라는
역사적 사건에 바쳐졌던 만큼 혁명은 시인의 삶 자체이자 창작의
가장 중요한 계기였다. 혁명의 시대(1905-1917)는 아방가르드라는
전 세계에서 유례없는 혁신적인 예술을 러시아에 선사했다. 정치,
사회적 혼란 속에서 '혁명'과 상응하는 급진적인 예술 실험이
문학뿐 아니라 회화, 음악, 연극, 영화 등 러시아 예술 전 분야에
걸쳐 다채롭게 이루어졌다.

마야콥스키는 1893년 조지아의 바그다디에서 삼림관이었던
아버지와 평범한 어머니 사이에서 태어나 캅카스의 거친
자연환경 속에서 어린 시절을 보냈다. 열세 살이 되던 1906년
아버지가 사망하자 마야콥스키는 생계를 위해 가족과 함께
모스크바로 이주해야 했으며, 당시의 궁핍하고 열악한 삶은
그에게 마르크스주의와 혁명에 대한 관심을 강하게 불어넣었다.
1908-1909년 러시아 사회민주노동당에서의 사회주의 선전
활동과 세 차례의 수감 생활로 인해 그의 내면에서는 예술가적
정체성과 정치적 사회주의라는 양립 불가능한 극단이
혼재됐으며, 이러한 특징은 시인의 창작 전반에 걸쳐 지속적인
딜레마이자 갈등의 주된 요소로 작용했다. 그는 자신의 자서전

『나 자신』(1928)에서 10대 시절 첫 창작 경험에 대해 다음과 같이
고백한다.

> 나는 끄적이기 시작했다. 믿을 수 없이 혁명적인, 그러나
> 보기 흉한 시가 나왔다. (중략) 두 번째 시를 썼다. 서정적인
> 시가 나왔다. 그러한 마음 상태는 내 사회주의적 가치와
> 공존할 수 없는 것으로 여기고 모든 걸 단념했다.

1911년 모스크바 회화·조각·건축 학교로 편입한 그는 독특한
개성을 지닌 동급생 다비드 부를류크(D. Burliuk)를 알게
된다. 마야콥스키를 시인으로 이끌었던 부를류크와의 만남은
미래주의가 탄생하는 순간으로 러시아 문예사에서 중요한 의미를
지닌다. 마야콥스키는 『나 자신』에서 이 순간을 "가장 기념할
만한 밤"으로 기억하며 이렇게 말한다.

> 다비드에게는 동시대인들을 능가하는 거장의 분노가,
> 나에게는 낡은 것을 전복해야 할 필요성을 인식하는
> 사회주의자의 파토스가 있다. 그렇게 러시아 미래주의가
> 탄생했다.

모든 전통과의 단절을 표방했던 러시아 미래주의는 이미 그
시작 단계에서 사회, 정치적 맥락과 긴밀하게 연관된다. 문학과
예술 영역에서 기존의 질서를 거부하고 전복과 혁신을 모토로
삼았던 미래주의 슬로건은 혁명을 주도했던 볼셰비키의 정치적
지향과 맞닿아 있었다. 그렇게 러시아 미래주의는 형식과 언어
혁신으로서의 순수 예술 영역에 사회, 정치적 '급진주의'가
교차하면서 혁명의 시대를 반영하는 대표적인 예술 경향으로
자리매김하게 된다.

1912년 스무 살에 문단에 데뷔한 마야콥스키는 미래주의

문예 운동에 적극 가담하며 다비드 부를류크, 벨리미르 흘레브니코프(B. Khlebnikov) 등 미래주의의 주도적 시인들뿐 아니라 카지미르 말레비치(K. Malevich), 미하일 라리오노프(M. Larionov) 등 러시아 아방가르드 예술가들과의 긴밀한 교류와 협업을 통해 자신의 창작을 발전시킨다. 1912년 말 러시아 미래주의자들은 「대중의 취향에 따귀를」이라는 도발적인 제목의 선언문을 통해 과거의 모든 전통과의 단절을 선언하며 새로운 문학의 등장을 알렸다. "자족적 언어라는 미래의 아름다움의 섬광"을 지닌 존재로 자처하며 "푸시킨, 도스토옙스키, 톨스토이 같은 자들을 현대의 기선에서 던져 버리라" 주장했던 러시아 미래주의자들은 무엇보다 음성적, 시각적 특징을 기반으로 전통적 언어 규칙과 의미를 초월하는 새로운 표현 방식, 이른바 '초이성어'를 창조해내고자 했다.

급진적인 언어 실험의 결과물인 러시아 미래주의 시는 대부분 난해하고 심지어 내용 파악 자체가 불가능하다. 그러나 마야콥스키에게 미래주의란 "미학이라는 이름을 빌린 밀폐된 언어실험실"이 결코 아니었다. 초시간적인 언어 유토피아가 아닌 현실적 시공간과의 내면적 소통을 통한 삶의 예술을 지향했기에 그의 시는 충분히 해독 가능하며, 바로 이것이 마야콥스키의 시가 여타의 미래주의자들의 창작과 근본적으로 차별화되는 지점이라 할 것이다.

빗물 홈통을 플루트 삼아

미래주의가 정점에 있던 1913-1914년 미래주의자들의 예술 선동은 새로운 형식의 시 창작뿐 아니라 독특한 책 디자인 및 출판 작업, 그리고 지방 도시 순회강연 등을 통해 주로 이루어졌다. 이러한 선동 방식은 제정러시아의 정치 체제와 기존의 문예 전통을 포함한 모든 낡은 질서에 대항하는 미래주의자들의 강력한 무기였다. "다 읽었으면 찢어 버리라!"라고

했던 크루초니흐(A. Kruchyonykh)와 흘레브니코프의
선언처럼 이들은 시각화된 활자와 일상적 재료를 공격적으로
활용함으로써 전통적 문학 매체인 책의 형식마저 거부했다. 또한
이들은 순회강연과 시 낭송에서 우스꽝스러운 복장과 특이한
퍼포먼스로 기존의 문학 전통에 '따귀를' 날리고, 종이나 화폭에
제한됐던 예술을 자신들의 실제 행위로 실현함으로써 예술을
일상으로 확장하고 나아가 예술과 삶을 결합하고자 했다.
　미래주의 시기 마야콥스키 시에는 카오스적인 현대 도시
공간 속 고립된 '나'가 중심에 놓인다. 현대 도시의 기술 문명을
예찬하고 그 맹렬한 속도와 역동성을 주제화했던 이탈리아
미래주의처럼 기계의 움직임과 소음으로 가득한 역동적인
도시는 시인 앞에 창작의 주된 질료이자 새로운 예술의 필요성을
환기하는 특수한 공간으로 펼쳐진다. 무엇보다 "현대적 삶의
강도와 긴장 상태"로 유지되는 도시는 "거대하고 실로 새로운
도시의 삶의 영향으로 오래전부터 자신의 외형을 변화시켰던
모든 사물들 간의 상호관계에 대한 시선의 변화"를 통해
"인식능력의 자유로운 유희"가 마음껏 발산되는 창조적 공간인
것이다. 이러한 예술 기획이 시작되는 지점에서 시인은 이렇게
쓰고 있다.

　　　　나는 컵으로 물감을 뿌려 / 일상의 지도를 단숨에
　　　지워 버렸다. / 나는 아스픽 접시에서 / 대양의 비뚤어진
　　　광대뼈를 보여 주었고, / 양철 물고기 비늘에서 / 새로운
　　　입술의 부름을 읽었다. / 그런데 당신은 / 빗물 홈통을
　　　플루트 삼아 / 녹턴을 / 연주할 수 있는가?

　일상의 풍경을 "단숨에 지워 버린" 시적 화자의 돌발적 행위로
인해 도시는 풍경과 사물에 대한 새로운 관점을 '제시'하고,
새로운 시를 '낭송'하고, 또한 새로운 음악을 '연주'할 수 있는

종합예술의 실현 공간으로 변형된다. 이때 예술의 도구는 다름 아닌 "아스픽 접시"와 "양철 물고기"가 그려진 '간판'이며, 건물의 "빗물 홈통"과 같은 도시적 일상의 사물들이다. 같은 시기에 쓴 시 「간판들에게」에서 "철제 책을 읽으라!"라고 호소했던 것처럼 시인은 도시 공간에 산재된 시각적, 언어적 기호인 간판을 새로운 문학적 가능성으로 인식한다. 책(간판) 속 '새로운 입술의 부름'은 그 자체로 새로운 언어(시)를 의미하며, 도시의 일상을 구성하는 '빗물 홈통'은 '입술'과 각운(gup-trup)을 형성하며 녹턴(새로운 시)을 만들어 내는 플루트와 자연스럽게 동일시된다.

물감으로 일상을 지워버리는 화자의 행위는 다분히 회화적이다. 마야콥스키는 시인이기 이전에 전문적인 미술 교육을 받은 화가였으며, 그의 삶과 창작에서 시와 회화는 별개의 장르가 아니었다. 그에게 회화는 창작의 주제이자 형식이었다. 1912년 미래주의 시선집 『대중의 취향에 따귀를』에 발표했던 두 편의 시 「밤」과 「아침」은 마야콥스키의 회화적 인식이 반영된 작품으로 시인의 데뷔작이라는 점 외에도 그의 창작적 토대와 러시아 미래주의의 창작 방향을 예견하는 유의미한 작품이라 할 수 있다.

19세기 '혁명의 물결'이었던 프랑스 인상주의는 유럽을 넘어 러시아 아방가르드에 절대적 영향을 미쳤다. 특히 「밤」은 그 첫 행부터 인상주의적인 '빛'의 변화와 다채로운 '색채'를 향유하는 시인의 회화적 인식을 보여 준다.

반사된 채 구겨진 진홍빛과 흰빛, / 초록빛으로
내던져진 몇 줌의 두카트 금화 / 몰려든 창문, 그 검은색
손바닥에 돌려진 / 불타는 노란색 카드 패. // 건물마다
두른 파란색 토가. / 산책로와 광장의 눈에는 이상할 것도
없었다. / 가로등 불빛들은 앞서 달리는 행인들의 발에 /
노란색 상처 같은 약혼반지 족쇄를 채웠다.

각각의 색채(진홍빛, 초록빛, 파란색, 노란색)는 역동적인 선과 보색 대비로 인해 그 강렬함이 배가되고, 도시는 다채로운 색을 품은 인상주의적 밤의 풍경으로 변모한다. 색채와 빛을 강조하는 마야콥스키 시의 회화적 기법은 동시대의 아방가르드 화가이자 미래주의의 책 제작에 참여했던 라리오노프(M. Larionov)와 곤차로바(N. Goncharova)가 주도한 광선주의 회화의 시적 반영이기도 하다. 시인은 사물들에 반사된 빛이 다양한 색채로 무질서하게 교차되는 광선주의를 인상주의에 대한 입체파적 해석으로 규정하고, 절단과 분절, 대상의 미세한 분할과 해체의 입체파적 방법론을 자신의 시에 적용한다. 늦은 밤에서 새벽녘으로 이행하는 도시 풍경에 대한 시인의 주관적 인상을 그린 「아침」에서 이러한 입체파(오르피즘)적 분할은 시의 형식, 즉 시행의 차원에서 이루어진다. 「거리에서 거리로」에 이르면 이는 시행만이 아닌 단어 자체에 적용되면서 시는 불안정하고 역동적인 시각적 외형을 갖추게 된다.

> 거 / 리. / 개(犬)들이 / 지닌 / 낮짝은 / 세월보다 / 사 / 납다. / 철마를 / 지 / 나 / 질주하는 집들의 창문에서 / 최초의 입방체들이 튀어 올랐다.

형식으로 드러난 입체파적 분할은 내용 차원, 즉 시에 묘사된 풍경에도 그대로 적용된다. 달리는 기차에서 보이는 바깥 풍경은 기차의 속도에 의해 파편화되어 "최초의 입방체들이 튀어 오르는" 역동적인 모습이다. 형식과 내용 차원에서 형태를 기하학적 도형으로 묘사한 입체파와 격렬한 속도와 움직임을 모티프로 삼았던 미래주의를 모두 구현한 이 시는 그 자체로 입체미래파에 대한 선언인 것이다. 이른바 '길레야(Hylaea)'로 불렸던 입체미래파는 회화의 원칙을 시에 적용하여 언어와

시각적 이미지의 상호작용을 지향했던 러시아 미래주의의
대표적인 그룹이었으며, 마야콥스키가 1911년 이 그룹의 일원이
된 이후 그의 시 창작, 책 예술, 공연 등 대부분의 초기 활동은
바로 이 그룹의 틀 속에서 이루어졌다.

소의 울음처럼 단순한

모든 혁명이 그렇듯 창조를 위한 공간은 우선적으로
'전복'돼야만 한다. 그렇기에 시인의 창작에서 도시는 카오스와
죽음, 육체적 타락이 만연한 종말론적 공간으로 제시된다. 「갖은
소음들」에서 기계와 인간의 소음이 지배하는 도시의 카오스적
분위기는 시의 내용만이 아닌 'sh' 소리의 지속적인 반복을 통해
배가되며, 「도시 대지옥」에서 도시는 자동차, 시가전차, 비행기
등 기계의 질주로 치명상을 입고 파편화되는 종말론적 공간으로
그려진다. 또한, 초기 연작시 「나」에서 그것은 "목을 매 뒤틀린
탑의 모가지가 구름 올가미에 걸려 굳어 버린" 죽음의 공간이며,
그 속에 고독하게 존재하는 시인은 마치 기도하듯 고통을
호소하며 "성화에서 뛰쳐나와" 진창에 빠져버린 그리스도를
대신할 시대의 유일한 구원자로서의 존재론적 가능성을 엿보고
있다.

마야콥스키의 초기 창작에서 '나'는 새로운 창조 능력에
대한 자기 과시의 차원을 넘어 삶 자체의 변혁, 즉 혁명을
예견하고 이를 주도하는 적극적인 주체로 확장된다. 「블라디미르
마야콥스키. 비극」의 프롤로그에서 주인공은 자신이 "최후의
시인"임을 확신하며 이렇게 말한다.

나는 / 램프의 황제! / 침묵을 찢은 자여, / 단단한
한낮의 올가미에 걸려 / 울부짖은 자여, / 모두 내게로
오라. / 나 당신들에게 / 소의 울음처럼 단순한 / 말로써
/ 아크등처럼 / 웅웅거리는 / 우리의 새로운 영혼을 열어

보이리라. / 내 손가락이 머리에 닿는 순간 / 그대들에게
/ 거대한 키스를 위한 / 입술과 / 모든 민족에게 친숙한 /
혀가 자라날 것이다.

이 작품에 등장하는 주인공 형상은 다른 초기 시에서
제시된 '나'를 압도할 만큼 비대하다. 작품의 제목도 등장인물도
주인공도 모두 시인 '블라디미르 마야콥스키' 자신이며, 1913년
초연에서는 시인 스스로가 주인공 역을 맡아 무대에 서기도
한다. '나', "램프의 황제"는 '당신들'과는 차별화된 창조자이자
프로메테우스적인 도시 문명의 구원자이며, 미래주의 시인들의
'초이성어'가 연상되는 "소의 울음처럼 단순한 말"을 지닌
미래주의적 언어(예술)의 창조자이다. 그리고 작품의 마지막
에필로그에서 주인공 마야콥스키는 "나는 이 모든 것을 당신들,
불쌍한 쥐새끼들에 대해 썼다"라는 미래주의 특유의 모욕적인
언사로 '제4의 벽'을 제거하고 관객과의 소통을 시도한다. 결국 이
작품은 그 자체로 미래주의 순회 강연의 일환이자 삶과 예술의
통합을 위한 하나의 퍼포먼스인 셈이다.

바로 난 온통 고통이며 상처

마야콥스키는 자신의 자서전에서 미래주의가 가장 정점에
있었던 1913년에서 제1차 세계대전이 발발했던 1914년까지의
기간을 "언어 습득과 형식작업"의 시기로 규정하고 "즐거웠던
한해"라고 말한 바 있다. 이제 시인의 창작은 '형식'에 대한
실험에서 '주제'의 단계로 이행한다.

숙달됐음을 느낀다. 이제 주제를 터득할 수 있다.
진정으로. 주제에 대한 문제를 제기한다. 혁명적인 주제에
대해. 「바지 입은 구름」을 구상 중이다.

제1차 세계대전이 발발하자 그는 전쟁의 원흉인 자본주의의
폐해와 그로 인한 부조리 등 사회적 성격이 강한 동시대적인
주제를 자신의 창작으로 이어간다. 전쟁 시기 쓴 에세이 「문인의
유탄. 붓으로 거짓을 고하는 자들에게」에서 시인은 "전쟁에 대해
그리지 않을 수는 있으나, 반드시 전쟁처럼 그려야 한다"라고
쓴 바 있다. 대표적인 미래주의 연구가 블라디미르 마르코프(V.
Markov)의 지적처럼 '전쟁처럼' 시를 쓰고자 했던 시인에게
전쟁은 예술가에게 보내는 호출이자 그가 "이제까지 향유했던
거대한 도시보다 훨씬 다채롭고 효과적이며 동시대적인 주제와
방식을 제공하는 무한한 시적 보고"였다.

이 시기에 쓴 「바지 입은 구름」의 프롤로그는 부르주아가
지배하는 사회현실에 대한 조롱으로 시작한다. 더불어 시인은
"혁명적인 주제"에 걸맞는 작품의 의도를 분명하게 밝힌다.

> 그대들의 생각, / 기름때 묻은 소파에 누운 배불뚝이
> 머슴처럼 / 물렁한 뇌로 공상에 잠긴 그 생각을 /
> 피투성이 내 심장 조각으로 자극하리. / 파렴치하고
> 신랄한 나, 마음껏 조롱하리.

부르주아 시대의 혁명가인 '나'는 다름 아닌 "완전한 하나의
입술"과 "목소리의 힘"을 지닌 젊은 시인임이 드러나고, 이로써
사회적 혁명과 예술의 혁명은 하나가 된다.

> 내 영혼에는 한 올의 흰머리도, / 늙은이의 연약함도
> 없네! / 쩌렁쩌렁한 목소리의 힘으로 세상을 흔들며 /
> 스물두 살 / 잘생긴 내가 가노라. // (중략) / 그러나 그
> 누구도 나처럼 / 하나의 완전한 입술로 변신하지 못하리!

마야콥스키의 시에서 혁명 테마는 서정적 사랑의 모티프와

자주 결합된다. "마야콥스키에게는 사랑을 제외한 그 어떤 전기가 없다." 동시대의 문학가이자 회상록 작가 리디야 긴즈부르크(L. Ginzburg)의 이러한 말처럼 시인의 삶에서 많은 여인들이 시적 뮤즈였으며, 상당수의 그의 작품은 특정 여인들에게 헌사되었다. 마야콥스키의 평생의 연인 릴랴 브리크에게 헌사된 「바지 입은 구름」에서 '여인들과 나'의 대립 구도는 '부르주아와 나'의 구도와 중첩돼 있음을 알 수 있다. 그리고 그러한 대립은 사랑조차 불가능하고 자신의 천재적 재능을 인정받지 못하는 시대에 살고 있는 시인의 모습을 통해 '세계와 나'의 대결로 확장된다. 나아가 사랑에 실패한 시적 화자의 극대화된 고통은 무한 확장되어 세계의 파멸과 동일시되고, 결국 현실의 부조리에 대한 인식과 혁명에 대한 예감으로 전이된다.

거리는 우리의 붓, 광장은 우리의 팔레트

10월 혁명은 미래주의뿐 아니라 마야콥스키 개인 창작에 있어서 중요한 분기점으로 작용한다. 시인은 전쟁이 지속되고 혁명의 분위기가 고조되던 1915년 자신의 에세이 「타르 한 방울」에서 "선택받은 자들의 관념으로서의 미래주의는 죽었다"라고 쓰며 추상적 '관념'이나 형식 실험으로서의 예술이 아닌 삶과 결합하고 새로운 삶 건설에 적극 관여하는 미래주의의 구체적인 단계를 제시한다.

> 우리는 '파괴'라는 강령의 첫 부분은 완수된 것으로 간주한다. 그러니 만일 우리 손에 광대의 딸랑이 대신 건축가의 도면을 보더라도, 어제 감상적 몽상으로 아직은 부드러웠던 미래주의의 목소리가 오늘 쟁쟁한 소리를 내는 선전의 금관악기가 되더라도 놀라지 말라.

1917년 혁명을 기점으로 마야콥스키의 작품 속 비대한 '나'는 축소되고, 작가의 내면으로부터 삶으로의 주제 전환이 본격화된다. 시인은 미래주의의 핵심 멤버였던 다비드 부를류크, 바실리 카멘스키(V. Kamensky)와 함께 모스크바 '시인들의 카페'를 거점으로 새로운 단계의 미래주의 실험과 강연 활동을 이어간다. 1918년 3월 시인은 혁명 이후의 미래주의 사상을 대변하는 《미래주의자들의 신문》을 창간하고 그 첫 페이지에 다음과 같은 글을 게재한다.

> 문화 앞에서의 모두의 평등이라는 위대한 전진을 위해 창조적 개성의 '자유로운 말'이 집의 담장, 울타리, 지붕, 도시와 마을의 거리가 교차하는 모든 곳에, 자동차, 마차, 시가전차의 등 위에, 모든 시민의 의복에 씌어지도록 하라. (……) 이제부터 시민들은 거리를 오가며 위대한 동시대인들의 사고의 깊이를 향유하고, 오늘의 아름다운 기쁨의 다채로운 생동감을 관조하며, 도처에서 선율이나 굉음과 소음 같은 위대한 작곡가들의 음악을 듣도록 하라. 거리가 만인의 위한 예술 축일이 되도록 하라.

예술이 '담장 문학'과 '거리 예술'이라는 새로운 형식을 통해 일상으로 침투함으로써 기존의 화폭이나 책이 아닌 거리와 도시 공간이 예술의 주요 매체가 된다. 주목할 만한 점은 대중을 위한 '예술의 민주화'의 주된 수단이 '자유로운 말'이며, 도시, 거리, 소음, 역동성 등 혁명 이전 마야콥스키의 미래주의적 주제와 모티프 들이 혁명 이후에도 여전히 반복된다는 것이다. 시인에게 혁명이라는 정치적 사건은 '예술을 통한 삶의 변혁'을 실현하고 그 과정에서 급진적 예술 경향으로서의 미래주의의 주도적인 역할을 보장받는 계기였다. 이렇게 '예술을 위한 예술'을 지향하며 순수예술 차원에 머물렀던 미래주의는 혁명 이후 정치

이데올로기와 결합하며 사회문화적 차원의 '삶을 위한 예술'에 대한 지향으로 이행한다.

혁명 이후 러시아의 문화와 교육을 관할했던 인민계몽위원회(Narkompros)의 수장 아나톨리 루나차르스키(A. Lunacharsky)는 1918년 1월 기관 산하에 조형예술분과(IZO)를 창설하고, 과거의 보수적인 예술지식인들이 아닌 블리디미르 타틀린(B. Tatlin), 카지미르 말레비치, 알렉산드르 로드첸코(A. Rodchenko), 바실리 칸딘스키(V. Kandinsky) 등 러시아 아방가르드를 대표하는 좌익 예술가들에게 주도적 역할을 위임했다. 루나차르스키의 비호 아래 마야콥스키를 비롯하여 '예술의 민주화'라는 구호를 볼셰비키와 공유했던 좌파 성향의 예술가와 시인들은 '좌익 예술 독재'를 위한 문화 권력의 토대를 마련할 수 있었다. 1918년 12월 마야콥스키는 릴랴 브리크의 남편인 오시프 브리크(O. Brik)와 함께 조형예술분과의 기관지이자 좌익 예술 신문인 《코뮌의 예술》을 창간하고 자신의 시 「예술 군령」을 창간호 1면에 게재한다.

> 후퇴를 위한 다리를 불사른 자만이 / 진정한 공산주의자. / 미래주의자들이여, 걷는 건 이제 그만. / 미래로 도약하라! / (……) / 거리는 우리의 붓이요, / 광장은 우리의 팔레트. / 수천 페이지 / 시간의 책으로는 / 혁명의 나날을 찬양할 수는 없는 법. / 고수여, 시인이여, / 미래주의자들이여, 거리로 나오라!

시인은 미래주의 예술가들을 새로운 시대를 주도하는 혁명적 주체로 묘사하며 그들을 거리와 광장으로 호출한다. 10월 혁명을 시를 포함한 자신의 모든 삶으로 체화하고자 했던 시인에게 진정한 미래주의 예술가의 행위는 혁명과 내전을 주도했던 공산주의자의 급진성과 결합하고, 마침내 시인에게서 정치 혁명은 예술 혁명과 하나가 된다. 이러한 인식은 1917-1918년 기간에 쓴 혁명시 「우리의 행진」, 「혁명의 송가」, 「기뻐하긴 이르다」, 「상대편에게」 등에서 동일하게 드러난다. 이 시기 그의 혁명시는 구체적인 혁명 모티프와 정치적 디테일을 차용하고 연설적 어조로 혁명의 분위기와 감흥을 배가시킨다는 점에서 초기 미래주의 시와는 다르다. 그럼에도 여전히 그 주제는 정치 혁명 그 자체가 아닌 새로운 삶에 적극적으로 종사하고 변화를 주도하는 미래주의 예술가의 사명이었다.

'혁명'을 공유했던 볼셰비키 권력과 급진적 예술가들간의 우호 관계는 혁명 직후 새로운 양상으로 전개된다. 조형예술분과 내에서 국가의 공식 예술로 인정받고자 했던 좌익 예술가들은 볼셰비즘의 가혹한 비판에 직면한다. "늘 새로운 것을 가장하고, 프롤레타리아 예술과 문화를 빙자해 어떤 초자연적이고 무의미한 것들을 늘어놓는 이들"이라는 레닌의 평가에서 알 수 있듯이 볼셰비키에게 미래주의는 프롤레타리아 계급이나 이데올로기적 내용에 몰두하는 진정한 프롤레타리아 예술가가 아니었던 것이다. 그들에게는 마야콥스키 역시 혁명에 열광적으로 스며들기는 했지만 혁명과 진정으로 화합하지 못한, '혁명적 개인주의'와 '보헤미안적인 오만'을 지닌 무례하고 위험한 시인이었다.

선전 선동 시는 신물 날 지경

1920년대 마야콥스키 창작은 선전 선동 시를 비롯해 국가 주도의 포스터와 광고 작업이 주를 이룬다. 마야콥스키는 1919-1921년 러시아 중앙 통신사 '로스타(ROSTA)'에서 내전과 국가 건설 등 당면한 주제와 관련된 1300여 개의 선동 포스터를 제작했다. 1923-1925년에는 알렉산드르 로드첸코와 그의 아내 바르바라 스테파노바(V. Stepanova) 등 구축주의 예술가들과의 공동 작업을 통해 수백 종에 이르는 국영 기업을 위한 상품 광고 작업에 몰두한다.

마야콥스키는 자신의 유언시 「목청을 다하여」에서 "나 역시
선전 선동 시는 신물 날 지경"이라며 1920년대 자신의 주된
창작을 인정하고 "당신들 위해 포스터의 거친 혀로 이 시인은
폐병쟁이의 가래침을 핥았다"라며 이러한 행보를 합리화하고
있다. 혁명 직후 미래주의와 자신에 대한 볼셰비키 권력의 탄압뿐
아니라 1920년대 포스터와 작업에 대한 동시대인들의 비판에
직면한 시인의 존재론적 위기와 불안한 심리 상태는 당시 작품
속에서 자주 표출된다.

　　　　나 역시 / 당신들에게 로맨스를 / 지어 줄 수 있었건만.
　/ 그것이 돈벌이도 되고 / 매력적인 일이니. / 하지만 나는
　/ 스스로를 / 누르고 / 내 노래가 흘러나오는 / 목구멍에 /
　올라섰다.

이러한 시인의 고백 속에는 예술 혁명으로서의 미래주의의
진정한 가치가 정치 혁명에 의해 폐기되고 더 이상 '목청을
다하여' 노래할 수 없는 시대를 사는 시인의 존재론적 위기와
비극적 인식이 오롯이 배어있다.

당과의 불화로 인한 정치적 고립과 문학적 위기의 상황에서
'창작 20주년' 기념 전시회가 열린다. 전시회에 참석한 젊은
청년들 앞에서 마야콥스키가 낭송한 시가 바로 '창작의 결산'의
의미를 지닌 「목청을 다하여」였다. '목청을 다한' 이 마지막
목소리를 끝으로 마야콥스키는 1930년 4월 14일 서른일곱이라는
젊은 나이에 권총 자살로 자신의 생을 마감한다. 그의 창작은
내용과 형식, 인간과 시인, 삶과 예술, 나아가 정치와 예술 간의
첨예한 대립 속에서 발전했다. 이러한 이율배반적 양극단의
충돌과 대립 양상은 미래주의 시기로부터 혁명 이후 1920년대
레프(LEF, 좌익예술전선)와 혁명예술전선(REF) 창설, 그리고

324

라프(RAFF, 러시아 프롤레타리아 작가 연합) 가입을 거쳐 자살에
이르기까지 시인의 삶과 창작, 즉 혁명과 소비에트 체제라는
격변의 현실에서 시인으로 남기 위한 격렬한 투쟁 과정에 오롯이
드러난다.

마리나 츠베타에바의 지적에 따르면 시인으로서 마야콥스키의
죽음은 이미 혁명 이후 12년간 지속된 것이었으며 그는
"인간으로 살았고 시인으로 죽었다". 결국 혁명 이후 그의 삶은
실존적 '나'와 시인으로서 '나' 사이의 치열한 갈등 과정이었다. 두
정체성의 조화로운 공존이 불가능했던 시대 현실에서 혁명 이후
12년간 인간 마야콥스키는 시인 마야콥스키를 억누르고 자기
본연의 시가 흘러나오는 목구멍에 올라섰던 것이다. 결국 그의
죽음은 인간의 죽음이 아닌 시인의 죽음이자 시의 종말이었다.
마야콥스키의 죽음이 지니는 문화적 함의는 매우 크다. 1930년
그의 심장을 향했던 한 발의 총성과 함께 20세기 초 그 위대했던
아방가르드는 종언을 고했고, 러시아는 문화예술은 '사회주의
리얼리즘'이라는 어둡고도 긴 터널로 접어들었기 때문이다.

마야콥스키의 죽음 이후 5년간 '자살 시인'에 대한 소비에트의
반응은 냉담했다. 마치 시인에 대한 기억 상실을 종용하는 듯
그의 존재는 소비에트 사회에서 철저히 무시되고 그의 창작 역시
출판에서 배제됐다. 이런 상황이 지속되던 1935년 12월 다음과
같은 내용의 스탈린의 서한이 《프라브다》에 발표된다.

마야콥스키는 우리 소비에트 시대의 가장 훌륭하고
가장 재능있는 시인이며 또한 그렇게 남을 것이다. 그에
대한 기억과 그의 작품을 대하는 데 있어 냉담한 태도는
죄악이다.

소비에트 체제에서 시인의 복권은 이렇게 이루어졌고,
마야콥스키 도서관과 박물관이 개장되고 모스크바 중심가에

거대한 마야콥스키 동상이 세워졌다. 그러나 이는 스탈린의 정치적 의도에 의해 그에게 정치적 화관을 씌우는 소비에트 정전화의 과정일 뿐이었다. 이렇게 "먼 미래 공산주의 세상 속"에서 공명하기를 바랐던 시인의 기대는 소비에트 시기 내내 실현되지 못했다. 하지만 소비에트 해체와 더불어 다시금 들려온 그의 목소리는 이후 30년 이상이 지난 지금도 "힘겹게 거대한 시간 더미를 뚫고" 더더욱 "묵직하고" "거칠고" "생생하게" 울리고 있다.

아직 도래하지 않은 청년 전위의 초상

이장욱(시인)

1930년 4월 14일 오전 10시가 조금 넘은 시간, 모스크바 루뱐카의 텅 빈 작업실에서 블라디미르 블라디미로비치 마야콥스키는 어두운 권총 구멍의 심연을 바라보고 있었다. 그 짧은 시간 그의 머리를 지나간 상념들을 우리는 온전히 상상해낼 수 없다. 다만 그날 마지막 목격자였던 연인 베로니카 폴론스카야의 기억에 따르면, 그가 마지막으로 남긴 말은 다음과 같다.

"혼자 가. 날 위해서라도 평화롭기를. 전화할게."

그리고 그녀가 작업실을 나간 뒤 한 발의 총성.

마야콥스키는 육체적 질병과 짧은 사랑의 실패, 그리고 무엇보다도 당대 문화 권력과의 불화에 시달리고 있었다. 그리고 언젠가 스스로의 시에서 예언했던 것처럼 권총 자살로 생을 마감한다. 그의 나이 37세였다. 「나」라는 시의 마지막은 다음과 같은 구절로 끝난다. "장님이 되어가는 자의 / 하나 남은 마지막 눈처럼 나는 고독하오."

*

마야콥스키의 삶과 미학과 정치는 지난 세기 초 아방가르드의 영광과 좌절을 극적으로 보여준다. 거침없는 영혼의 좌충우돌, '앙팡 테리블'로서의 반항의지, 아방가르드 특유의 선언적 제스처, 고전적 균형과 조화에 대한 생래적 반감…… 당연하게도 마야콥스키는 시인으로서 이를 자신의 작품에 적용한다.
현대적이며 동시대적인 어휘들을 시어로 편입시킨다는 것. 과거의
정동과 감수성을 몰수하고 미래주의적 에너지를 발산한다는
것. 궁극적으로 시를 시 아닌 세계로 개방하여 혼종성을
극대화한다는 것. 전위 마야콥스키는 이를 통해 구체제의 문화적
규격을 파괴하고 예술과 삶의 경계를 해체하는 급진적 일탈을
감행한다.

그런 의미에서 '한계 체험'(the experience of limits)으로서의
글쓰기라는 필립 솔레르스의 표현은 마야콥스키라는 아방가르드
아이콘에 최적화된 술어라고 할 수 있다. 다만 솔레르스의
'한계 체험'이 상대적으로 언어 층위에 방점이 찍혀 있는 데
반해, 마야콥스키의 '한계 체험'은 삶과 미학을 분별하지 않고
정치적 유토피아를 향해 나아간다. 이 점이 중요하다. 질풍노도의
청년 시인에게 언어적 미학적 관례의 파괴는 그리 어려운 일이
아니었을지도 모른다. 하지만 그것이 삶의 관례적 질서와 당대의
지배적 가치 규범, 더 나아가 사회 체제의 안정성을 교란하려는
데까지 이르면 얘기가 달라진다.

그것은 경계를 넘어 모종의 끝까지 가려는 자를, 정말로
고독의 끝까지 밀고가 버린다. 그와 동시대를 살았던 전위적
시네아스트 에이젠시테인의 표현을 빌리면, 마야콥스키는
"혁명적 좌파와 미학적 좌파 사이"의 극적인 균열을
온몸으로 살아낸 시인이었다. 1920년대의 급진적 미학 그룹
라프(RAPP)에서 마야콥스키는 일종의 '동반자 작가'로 기각되어
있었다. 혁명 이후 모스크바에서 마야콥스키의 시극 「미스테리야
부프」가 초연되었을 때, 많은 이들은 '프롤레타리아가 이해하기
힘든 공연'이라고 이 작품을 공격했다고 한다. 이 시극의
연출자는 메이예르홀드였고 무대미술 담당은 말레비치였다.
요컨대 마야콥스키의 자살은 지난 세기 초 러시아 아방가르드의
종언이자, 소비에트 미학과 전위 미학의 연합전선이 붕괴되었음을

알리는 상징적 장면이었다.

마야콥스키는 '혁명과 전위의 아이콘'이라는 수식어만으로는 온전히 설명되지 않는다. 그의 삶과 시에는 그 스스로도 감당하기 어려운 모순과 갈등이 내재해 있었다. 그는 혁명의 기관차이길 원했으나 다른 한편으로는 (「세르게이 예세닌에게」 같은 시가 보여주듯) 시대의 상처와 대립과 내적 균열의 표상이 될 운명이었다. 우리는 이 대목에서 그의 시를 '리얼리즘적'이라고 표현할 수 있을지도 모른다. 삶과 세계의 치명적 이면과 균열을 외면하지 않고, 그것을 손쉬운 결론으로 봉합하려 하지 않는 미학적 자세를 리얼리즘이라고 부른다면 말이다.

그리고 오랜 시간이 흘렀다. 이제 와서 돌이켜 보면, 그의 삶은 대다수 아방가르드의 운명을 선행했다고도 말할 수 있다. 혁명의 시간이 지난 뒤 새로운 시대의 불가피한 보수화 및 안정화 과정에서 스스로 그토록 혐오했던 '박물관'에 안장된다는 것. 그럼으로써 역사의 전진과 퇴행을 증거하는 문화사적 '기념품'이 된다는 것. 그것이 오늘날 우리가 목도하는 청년 전위의 초상이다.

이것으로 끝인 것일까? 그럴 리가. 미래의 누군가는 문화사의 '박물관'에서 청년 마야콥스키를 꺼내 새로운 힘의 질료로 삼지 않을까? 마야콥스키의 전복적 에너지를 변주하고 변용하여 우리 시대의 또 다른 균열을 전시하지 않을까? 시든 음악이든 영화든 장르는 중요하지 않을 것이다. 그는 여전히 무언가를 기다리고 있을지도 모른다. 다시 도래할 문화사적 폭풍의 한가운데인 듯, "장님이 되어가는 자의 / 하나 남은 마지막 눈처럼", 그는 여전히 현재진행형인 채로, 고요하고 격렬하다.

*

번역이란 언어 구조의 변경이며 동시에 시공간적 재배치이다.

모든 문화적 역사적 잔여물들이 그러하듯, 마야콥스키의 시는
새로운 시대와 새로운 삶의 감각 속에서 끊임없이 재구성되고
다시 태어나야 한다. 이제 우리는 우리 시대의 마야콥스키를
다시 만난다. 2020년대의 한국어로 번역된 새로운 마야콥스키를.

세계시인선 59   바이올린과 약간의 신경과민

1판 1쇄 찍음 2024년 9월 25일
1판 1쇄 펴냄 2024년 9월 30일

지은이   블라디미르 마야콥스키
옮긴이   조규연
발행인   박근섭, 박상준
펴낸곳   (주)민음사

출판등록   1966. 5. 19. (제16-490호)
주소   서울시 강남구 도산대로1길 62
               강남출판문화센터 5층 (06027)
대표전화   02-515-2000   팩시밀리 02-515-2007

www.minumsa.com

ⓒ조규연, 2024. Printed in Seoul, Korea

ISBN   978-89-374-7559-7 (04800)
          978-89-374-7500-9 (세트)

세계시인선 목록